DAVID WAGNER

meine

nachtblaue

Hose

Roman

Rowohlt Taschenbuch Verlag

Veröffentlicht im Rowohlt Taschenbuch Verlag,
Reinbek bei Hamburg, Juni 2011
Copyright © 2000 by Alexander Fest Verlag, Berlin
Umschlaggestaltung any.way, Cathrin Günther
(Umschlagillustration: Peter Engels/www.cremecaramel.de)
Satz aus der Scala, PostScript, InDesign,
bei Pinkuin Satz und Datentechnik, Berlin
Druck und Bindung Druckerei C.H.Beck, Nördlingen
Printed in Germany
ISBN 978 3 499 25640 0

marmelade

Fast immer, wenn ich in einem Geschäft eine Umkleidekabine betrete, den Vorhang hinter mir schließe und
eine Hose anprobiere, muß ich an Fe und unsere kurze
Reise nach Köln denken. An dem Tag, an dem wir uns
am Bahnhof Zoologischer Garten trafen, fing es mittags an zu regnen. Ihr Ex-Freund Anatol, mit dem sie
damals noch zusammenwohnte, brachte sie zum Bahnsteig. Während er mir aus einiger Entfernung zuwinkte,
wunderte ich mich, daß Fe einen Rock statt der gewohnten Hose trug.

Die Fahrt, die vor dem Ausbau der Strecke noch länger als sieben Stunden dauerte, verbrachten wir im
Abteil und im Speisewagen. In Köln, wo wir ihre Eltern
besuchen wollten, regnete es nicht weniger als in Berlin.
Ihr Vater wartete nicht auf dem Bahnsteig, er saß in seinem Wagen auf dem Parkplatz hinter dem Hauptbahnhof. Fe umarmte ihn und setzte sich auf den Beifahrersitz, ich stieg hinten ein und sah von der Rückbank
zwischen den beiden Hinterköpfen, dem Haarkranz
und den halblangen, mittelblonden Haaren, hindurch
nach vorne. Der einarmige Scheibenwischer bewegte
sich hin und her, das Auto erinnerte mich an den Mercedes meiner Mutter. Fes Vater stellte Fragen, wie fast
alle Väter sie stellen. Es war Sonntag und zu spät für
Kaffee und Kuchen.

Als wir über die abgesenkte Bordsteinkante auf den Stellplatz vor dem Garagentor fuhren, stand ihre Mutter, sie mußte das Motorengeräusch erkannt haben, schon in der Haustür. Fe, die ihre Brille und nicht ihre Linsen trug, sagte, *Mama hat sich ja die Haare schneiden lassen.* Von ihrer Mutter wußte ich, daß sie nachts nur mit Ohropax schlafen kann, daß sie keine Uhr ticken hören mag und jeden Morgen trotz Schlafbrille lange vor sechs Uhr aufwacht. *Wenn sie aufsteht, gibt es selten Dringendes zu tun, nichts, was nicht warten könnte,* hatte Fe mir erzählt, und ich wußte auch, daß das Bett ihres Vaters ein Zimmer weiter steht. Wochentags liest sie in aller Frühe mit halber Lesebrille Zeitung, schaut der portugiesischen Putzfrau auf die Finger und ruft ihr ab und an Anweisungen zu, die wie Vorschläge klingen sollen. So, wie ich sie von dem Photo her kannte, das in Fes Berliner Küche neben dem Herd hing – es zeigte sie auf einem Bahnsteig, die Haare fielen ihr auf die Schultern, und die Gesten, die man mit langen Haaren haben kann, fehlten ihr noch nicht –, gefiel sie mir besser, dachte ich. Aus dem Türrahmen schaute sie auf ihre Tochter, die ihr entgegenging, maß sie von oben bis unten und streifte mit ihrem Blick meine nachtblaue Hose, die meine Mutter mir in England gekauft hatte. Ich trat auf sie zu und gab ihr die Hand. Als ich auf der Fußmatte vor ihr stand, bewegten sich die Sohlen meiner Schuhe wie ferngesteuert hin und her. Fe führte mich, vorbei an dem Flügel im Eingang, auf dem Noten aufgeschlagen lagen, tiefer ins Haus hinein. Ihr Vater bot uns zu trinken an, ihre Mutter verschwand in der zum Eßzimmer hin offenen Küche.

An diesem Abend, ihre Mutter hatte gekocht, haben wir nicht mehr viel unternommen. Wir machten einen kleinen Spaziergang, überquerten die Rheinuferstraße und die Stadtbahngleise, auf denen ich, was ich nicht wollte, über Wesseling, Bonn Hauptbahnhof, Auswärtiges Amt bis zum Museum König und weiter nach Bad Godesberg hätte fahren können; wir schlenderten am Wasser entlang, ein wenig auf und ab und bald wieder zurück. Ihre Mutter schlief schon, *sie geht immer früh schlafen, steht früh auf und liest die Zeitung, bevor die Putzfrau kommt*, wie Fe mir wieder erzählte, ihr Vater war in seinem Schlaf- und Arbeitszimmer beschäftigt. Wir saßen noch eine Weile im Wohnzimmer vor dem Fernseher und stiegen dann die Treppe hinauf ganz nach oben, in Fes altes Zimmer unter dem schrägen Dach. Wir legten uns ins Bett, schliefen miteinander und schließlich nebeneinander ein. Irgendwann in der Nacht zog Fe auf das Feldbett in der schmalen Kammer, in der eigentlich ich, der Gast, hätte schlafen sollen. Am nächsten Morgen fand ihre Mutter nicht Fe, sondern mich in dem Bett ihrer Tochter liegen. Ich hörte sie, da war ich schon wach, hereinkommen und sah sie durch die Wimperntrübung meiner fast geschlossenen Lider auf dem Absatz kehrtmachen, statt sich auf den Drehstuhl vor dem Schreibtisch zu setzen und über die Lehne hinweg mit ihrer Tochter Morgengespräche zu führen, deren Verlauf sie sich, wie ich vermutete, schon lange vorher ausgedacht hatte. Sie schloß die bis dahin nur angelehnte Tür, ich wartete auf das Geräusch, das mir verriet, daß sie die Türklinke losgelassen hatte, dann ging sie, jeden Schritt auf den Holzstufen wie auf

9

einer Tonleiter betonend, die Treppe hinunter. Ich drehte mich zur Wand und begann die Erhebungen auf der Rauhfasertapete zu zählen. An manchen Stellen hatte sich die Farbe von der bunten Bettwäsche abgerieben. Wenn ich früher im Haus meiner Eltern zu lange im Bett liegenblieb, kam Frau Ops in mein Zimmer und setzte sich zu mir auf die Bettkante, nicht ohne zuvor so laut gewesen zu sein, daß sie davon ausgehen konnte, mich geweckt zu haben. Sie öffnete die Zimmertür und sagte nach ihrem *guten Morgen* immer auch, *aber du warst doch schon wach*. Ich antwortete Unverständliches, sie setzte sich und erzählte mir Geschichten. Würde Frau Ops sich jetzt wie früher auf meine Bettkante setzen, dachte ich, würde sie sitzen bleiben und anfangen zu erzählen, Geschichten, in denen Namen auftauchten, an die ich mich dunkel erinnerte; ohne abzusetzen und nur in geheimen Pausen Luft schöpfend, würde sie Klatschgeschichten erzählen, die mich am Ende, wenn ich halbwegs wach war, sogar interessierten. *Wozu hat man Sprache sonst erfunden, wenn nicht für Oppes*, sagte meine Mutter, die ihr selbst gerne zuhörte, weil sie von ihr all das zu hören bekam, was sie sonst nie erfahren hätte. Frau Ops fragte, ob ich nachts wieder Nasenbluten gehabt hätte, obgleich sie wußte, daß ich seit Jahren kein Nasenbluten mehr hatte, und immer wenn ich Anstalten machte aufzustehen, ließ sie sich kurz unterbrechen und erlaubte mir, allein ins Badezimmer zu gehen, obwohl sie wahrscheinlich dort gerade ein wenig hatte wischen wollen. Ganz gleich, wie lange ich im Badezimmer brauchte, sobald ich mich unten an den Frühstückstisch setzte, tauchte sie wieder auf, und ich hörte die sich nahtlos anschließenden Fortsetzungen ihrer Geschichten, während ich versuchte, mich mit Filterkaffee zu wecken. Den Kaffee trank ich damals noch mit Dosenmilch, die Frau Ops mir aus einem Porzellankännchen in die Tasse goß, bis ich *danke* sagte, wobei die Klinge des Messers in meiner rechten Hand sich schon durch die Flanke bis in die flauschigen, weißen Weichteigteile des Brötchens bohrte, das ich mir aus dem Brotkorb gegriffen hatte. Einige Sätze später löffelte ich Marmelade, die mein Vater gekocht hatte, auf die gebutterte Brötchenhälfte. So sieht Blut im Kino aus, dachte ich, während Kirschmarmelade oder Johannisbeergelee von dem kleinen Marmeladenlöffel tropfte. *Bei den Quantitäten, die du löffelst, ist es kein Wunder, daß ein Glas bloß ein paar Tage hält und deine Zähne nur noch gefüllte Scherben sind,* hätte meine Mutter gesagt, aber sie war ja nicht da, und manchmal schickte sie mir, weil sie wußte, daß ich sie besonders gerne aß, *Lemon & Lime* oder *Thick Cut Orange*, die mein Vater nicht kochen konnte. Damals schaute ich in die Zeitung, während Frau Ops mir berichtete, wer gestorben war, sie tat das schwarzgerahmt mit einem Gesicht, dessen obere Hälfte zeigte, daß sie vom Verblichenen nur noch Gutes sagen sollte, während über ihre Lippen all das lief, was sie sonst noch von den Toten wußte, ich erfuhr, wer von früheren Klassenkameraden geheiratet hatte, wer vielleicht nach Holland gefahren war, wie vermutet wurde, und wer, wenn sie denn geboren wurden, die Kinder tatsächlich aufzog, ich erfuhr, wer wegen Drogengeschichten verurteilt worden war und trotzdem nicht im

Gefängnis gesessen hatte, wo, *was du auch noch nicht weißt*, wie sie sagen konnte, er oder sie meinen Zahnarzt hätte treffen können, der seine Strafe wegen Steuerhinterziehung absaß, *und stell dir vor, in seiner Küche wurden alle Kacheln abgeschlagen auf der Suche nach den versteckten Unterlagen, und dann hat man sie gefunden, in einem Luftschacht der Dunstabzugshaube eingewickelt und geräuchert, alles aufgeschrieben, was wo wieviel auf welchen Konten liegt, diese Dummheit, auch über die verbotenen Geschäfte Buch führen zu müssen*, ich mußte die Zeitung, in der ich blätterte, gar nicht lesen. An Tagen, an denen ich als Kind früh aufstehen mußte und wirklich früh aufgestanden war, konnte ich Frau Ops morgens mit dem Fahrrad kommen sehen, denn bloß im Winter oder bei sehr starkem Regen kam sie mit ihrem Wagen, den sie nur *Daimler*, nie *Mercedes* nannte. Sie parkte in der kurzen Garageneinfahrt hinter dem Gittertor zum Bürgersteig, mein Vater mußte nicht an seinen Wagen, er ging zu Fuß über die Adenauerallee. An anderen Tagen, wenn ich noch schlief, weckte mich der Dieselmotor ihres Daimlers durchs offene Fenster, oder ich hörte bis in den Halbschlaf hinein das schmalere Tor in der Hecke hinter Frau Ops ins Schloß fallen und danach oft ein Geräusch, das wohl vom quietschenden Scharnier ihres Fahrradständers verursacht wurde, den sie gegen den Widerstand des Federzugs ausklappte. Es kam auch vor, daß ich genau in diesem Augenblick die Treppenstufen vor der Haustür hinunter- und ihr entgegensprang, und wenn mein Vater nicht da war und ich nicht gefrühstückt hatte, lag auf den Stufen noch die Tüte mit den Brötchen, die morgens vorbeigebracht wurden. Ich sagte *hallo* oder *guten Morgen*, sie grüßte zurück und fragte, *willst du nicht wenigstens ein Brötchen mitnehmen*, ich aber lief an ihr vorbei und rief, *keine Zeit mehr, Frau Ops*, wobei sich *Frau Ops* aus meinem Mund heraus zu einem Wort, zu einem langen Triphthong zwischen zwei Doppelkonsonanten zusammenzog, zu einer reibenden Silbe, die sich über ihren dunklen Selbstlaut hinweg zu der summenden Fermate bog, auf der sie liegenblieb. Das *s* ließ ich wie einen Türöffner länger oder doppelt so lange weitersummen, wie das Wort bis dahin gedauert hatte, bei Gelegenheit so lange, bis mir eingefallen war, welches Wort folgen sollte. Meine Mutter konnte, wenn sie wollte, den Namen auch ganz anders sagen, konnte aus Ops einen rheinischen Zweisilber machen, der sich in meinem Ohr auf *Boppes* reimte, vielleicht aber war das auch nur ein Echo in der Telephonleitung. Wenn ich nachmittags wieder nach Hause kam, fand ich in der Küche kleine Zettel mit Nachrichten, die mir in Schreibschrift Anweisungen gaben, was noch zu tun sei, *vergiß nicht, den Hund zu füttern* oder *der Hund hat gefressen*, gefolgt von ein bis drei Ausrufezeichen, *deine Mutter hat angerufen, wenn es regnet, nimm bitte die Wäsche von der Leine*. Die Küche war aufgeräumt, der Boden gewischt, die Hundehaare von den Teppichen gesaugt, Papas Hemden gebügelt, meine schmutzigen Strümpfe von vorgestern lagen wieder frisch gewaschen und von innen nach außen gewendet in der obersten Kommodenschublade, meine Hosen hingen im Schrank oder auf den Schnüren der aufgespannten Wäschespinne im Garten, *was draußen trocknet, riecht immer besser, Hei-*

*zungsluft trocknet hart, Wind trocknet weich,* sagte Frau Ops. Fing es an zu regnen, nahm ich die Wäsche herein, bei Kälte oder Regen hing ohnehin alles im Keller oder lag im Trockner, dabei behauptete Frau Ops, wenn sie wasche, werde es schönes Wetter geben. Wenn ich wollte, daß eine Hose gewaschen wurde, hängte ich sie nicht wie sonst über die Lehne des Stuhls vor meinem Schreibtisch, sondern ließ sie abends einfach auf den Boden fallen, eine der nie ausdrücklich zwischen uns getroffenen Abmachungen, die ich erst später in meiner eigenen Wohnung zu schätzen lernte, als ich bemerkte, daß ich mir mit meinem Auszug die Möglichkeit geraubt hatte, bis ins allerletzte hinein faul zu sein. Was ich abends einfach fallen ließ, fand ich am übernächsten Tag frisch gewaschen, gebügelt und gefaltet in meinem Kleiderschrank wieder, dachte ich und löste meinen verhangenen Blick von der Hügellandschaft der Rauhfasertapete, auf der meine Fingerkuppen Gebirgsketten gefunden hatten. Ich drehte mich um, ließ einen Fuß unter der Bettdecke hervorschauen und betrachtete mit nun ganz geöffneten Augen Fes altes Zimmer, das ihre Mutter als Arbeitszimmer nutzte. Auf dem Schreibtisch stand eine Kugelkopfschreibmaschine, mit der sie, wie ich wußte, Überweisungsformulare ausfüllte und Mahnungen schrieb. Über der Lehne des Drehstuhls vor dem Schreibtisch hing meine nachtblaue Hose, worüber ich mich ein wenig wunderte, denn soweit ich mich erinnerte, hatten Fe und ich uns am Abend zuvor eher gierig und unbeherrscht ausgezogen. Ich stand auf und ging im Schlafanzug hinüber in die Kammer, in der Fe auf dem Feldbett zwischen leeren Staubsaugerkartons und abgestellten Gemälden und Drucken, für die im Haus an den Wänden kein Platz mehr war, lag. Ich küßte sie in ihr Morgengesicht und erzählte ihr von dem Besuch ihrer Mutter in meinem Zimmer. Fe, die Haut um ihre Augen ganz weichgeschlafen, sagte nur, *das macht sie immer so.* Im Badezimmer putzten wir uns nebeneinander die Zähne.

Unten im Wintergarten war der eckige Eßtisch gedeckt, es roch nach Kaffee. Fe setzte sich, wie schon beim Abendessen, auf ihren alten Platz im Blickfeld ihrer Mutter, sie hatte die große Fensterwand, an deren Außenseite kleine Tropfen klebten, im Rücken. Die Wiese hinter ihr glänzte, es war Montag, der Himmel war nicht aufgerissen, wahrscheinlich hatte es in der Nacht ganz dünn geregnet. Wären wir beim Frühstück allein gewesen, hätte ich sie wohl gefragt, ob sie glaube, daß ihr Vater eine Freundin habe, eine Assistenzärztin im Krankenhaus oder vielleicht eine Studentin, und ob sie es für möglich halte, daß auch ihre Mutter betrügen könne. Noch lieber hätte ich gefragt, warum haben deine Eltern sich nie scheiden lassen, sondern sich all die Jahre ausgehalten, aber weil ihre Mutter die ganze Zeit über in der Küche hinter der Durchreiche stand und aufgeschnittene Orangen auf den elektrischen Entsafter preßte, hielt ich den Mund, denn Lärm genug, meine Stimme zu übertönen, machte die Maschine nicht. Fes Mutter erzählte Geschichten, die sie aus der Zeitung kannte, Fe ergänzte sie ab und zu, und ich hatte den Eindruck, als könnte ich in ihrer Stimme eine Veränderung bemerken, von der ich noch nicht wußte, woher sie kam. *Und warum wollen Sie nicht nach Hause fahren, Ihre Eltern wohnen doch nicht weit,* fragte mich ihre Mutter, sie sagte, *fahren Sie doch mit der Sechzehn,* und meinte die Bahn. Sie siezte mich, obwohl sie mich mit meinem Vornamen anredete, und stellte uns die Gläser mit dem frischgepreßten Saft auf die Platzdeckchen, die auf der polierten Tischplatte lagen. Sie erwartete keine Antwort, sondern setzte ihre Feuilletonerzählung fort. Zeitung liest sie mit halber Lesebrille am Morgen, bevor die Putzfrau kommt, dachte ich, und außer Nicken und Staunen war dem Gespräch, das keines war, nichts hinzuzufügen. Fe hätte gesagt, wenn ich zu Hause bin, muß ich immer dreizehn sein, älter darf ich nie werden, und meine Mutter muß mir erklären, was in der Zeitung steht, aber sie mußte mir nichts sagen, weil ich sehen konnte, daß ihrer Mutter Sätze wie *Kind, es ist kalt* und *wie du dich schon wieder angezogen hast* und *was bist du dünn geworden* auf der Zunge lagen. Jede Wendung, jede Absatzdrehung – das wird Fe in soundsoviel Jahren sein, dachte ich einen Augenblick – holte nach, was sie ihre Tochter in dem meinetwegen versäumten Morgengespräch hatte fragen wollen und nun auf ein späteres Vieraugengespräch verschoben war. Bis dahin stellten allein ihre Augen und, wie ich vermutete, auch die für mich nicht zu entziffernde Familientaubstummenschrift ihrer Armbewegungen alle Fragen, die sie an ihre Tochter hatte. In einem schlechten Drehbuch würde es am Ende heißen, *Mutter und Tochter alleine im Zimmer, Mutter, flehend: Kind, bist du auch glücklich, du mußt es doch sein.* Warum haben sich deine Eltern nie scheiden lassen, hätte ich

Fe nun gern noch einmal gefragt, bestimmt nicht, weil meine Eltern sich immer gut verstanden, heiß und innig geliebt haben, hätte sie geantwortet, viel eher wohl, weil eine Scheidung zu teuer geworden wäre, außerdem hätten sie das Haus mit der Sammlung verkaufen müssen, weil keiner dem anderen auch nur die Hälfte gegönnt hätte, und überhaupt, was sollte meine Mutter schon machen, ohne meinen Vater, und umgekehrt, was wäre er ohne sie, seit dem Tag, als ihr Großvater auf ihn geschossen habe, *er versuchte über den Zaun in den Garten zu klettern, um näher am Fenster meiner Mutter zu sein*, hatte Fe mir erzählt, ihr Großvater verfehlte den vermeintlichen Einbrecher nur knapp, eine Schrotkugel streifte ihn an der Schulter. *Was für eine romantische Geschichte*, hatte ich gesagt, als ich davon das erstemal hörte, und mir ihre Mutter im Dirndl und ihren Vater im Trachtenanzug ausgemalt, in frühem Agfacolor vor weißblauer Gebirgslandschaft. *Ach so*, hatte ich gesagt und würde ich anläßlich jeder Wiederholung dieses Filmausschnitts sagen, *zusammensein und zusammenbleiben bedeutet, viele Geschichten gemeinsam zu haben, das klebt den einen an den anderen.* Manchmal, legte ich Fe in den Mund, manchmal reicht es auch aus, wenn beide sehr verschieden sind und bei ihnen alles ganz anders war. Und wenn ich Fe während des Frühstücks am eckigen Eßtisch im Wintergarten wirklich so viel hätte sprechen hören, wie ich es mir ausdachte, vielleicht hätte ich dann festgestellt, daß die schon bemerkte fremde Färbung ihrer Sprechstimme nichts weiter war als die langsame Einstimmung auf den Tonfall ihrer Mutter, der sich, je länger die Mutter sprach, mehr und mehr auf und über und um sie legte wie ein aus seidigen Satzmelodien feingewobenes Tonfalltuch, es war, als schwimme Fe auf einmal in einem mütterlichen Stimmenäther, der mir unheimlich wurde, weil er die mir so bekannte Klangfarbe ihrer Stimme nach und nach überspielte. Mir lief Honig vom Brötchen über die Finger, und ich dachte an die Bienen, die Bienchen, wie mein Onkel sagte, die das alles schon einmal in ihrem Mund gehabt und durchgekaut hatten. Die Brötchen, die im Brotkorb lagen, waren aufgetaut und wieder aufgebacken worden, es gibt auch Bienen, die Hosenbienen heißen, dachte ich, sie tragen die Pollen wie Kleider an den Beinen. Ich wußte, daß ihre Mutter mich früher oder später nochmals fragen würde, warum ich nicht nach Bonn fahren wolle, wieso ich meine Eltern nicht besuchen wolle, sondern, wie sie schon wußte, von Fe schon wissen mußte, mich mit meinem Vater nur zum Essen verabredet hätte. Wie aber sollte ich ihr das erklären? Ich wollte nicht von meiner Mutter erzählen müssen, nicht erzählen, was mein Vater machte, welche Rolle meine Tante spielte und woher ich meinen Namen hatte. Ich hätte Fes Mutter gern gefallen und versuchte es, ich machte eine Bemerkung über ein Möbelstück oder lobte den Blick in den Garten, vielleicht fing ich sogar an, von einem Bild zu sprechen, das ich mir, *enemenemeck, eine alte Frau muß weck*, und das Zekah muß dabei schnalzen, zuvor leise ausgezählt hatte, ich sagte etwa, es steche aus allen anderen heraus, seine Farbe, seine stille Farblosigkeit, die vereiste, die verlandete, die verbaute, verblaute Flächigkeit und das Gewicht des Strichs. Was sich gut anhört, glaube ich am Ende selbst, ich könnte mich überreden, an den Bildern Gefallen zu finden, denn wenn ich nur lange genug an weiße Wände und Zimmerdecken starre, sehe ich, was ich sehen will, sehe ich, was du nicht siehst, dachte ich. Hätte ich dem, was ich über eines der Bilder sagte, zugehört, hätte ich mich lügen hören müssen. Vielleicht spürte sie, daß ich nicht ehrlich war, während ich die Wörter aus meinem Mund laufen und weiterlaufen ließ, weil eins ans andere paßte, sie klebten aneinander, klebrig wie der Honig an meinen Fingern, der von der zweiten Brötchenhälfte tropfte, das alte Fliegenpapiergefühl, dachte ich unter ihrem Blick, sie hatte Falten in den Augenwinkeln und neben den Nasenflügeln, ihre blauen Augen folgten meiner Handbewegung, ich klebe fest und kann nur noch zappeln, dachte ich und wischte mir den Finger, der die Honigfäden zog, an der Serviette ab, griff in den Henkel der Kaffeetasse und nahm einen großen Schluck. Für einen Augenblick konnte ich mich hinter der Tasse verstecken. Ich hätte gern den Kaffee wie ein Kontrastmittel auf einem Röntgenschirm aus meiner Speiseröhre fließen und in meinen Magen münden sehen, manchmal mischt sich in das Milchkaffeebraun ein Schuß Orangensaft, dachte ich, Honig und Erdbeermarmelade, die im Dunklen keine Farbe haben, setzen Punkte in Rot und Gold. Essen ist Malen von innen, dachte ich, eine Magenspiegelung und ein Blutbild, und ich hätte auch diese Gemälde sehen können: Frühstücksbilder, Fliegen und ihre Schatten, gespachtelt, gezogen, verklebt. Fes Mutter erzählte von diesem oder jenem jungen Künstler, von

Vernissagen und Vorträgen im Kunstverein, und mein Blick blieb auf einem der geschliffenen Glasschälchen liegen, sie waren – wie ich nicht nur sehen, sondern auch schmecken konnte – mit gekaufter Kirschmarmelade gefüllt. Ein kurzes gebogenes Plexiglaslöffelchen ragte durch die Deckelaussparung nach oben. Mein Vater, fiel mir ein, machte sich nie die Mühe, seine selbstgemachte Marmelade umzufüllen, er stellte seine Marmeladengläser, wie sie waren, neben den Honig auf den Zinnteller, auf dem er all seine Brotaufstriche aufbaute. Sonntags, wenn mein Vater und ich zusammen frühstückten, stand die Batterie auf dem Tisch, und mein Vater sah durch die Wochenendausgabe seiner Zeitung hindurch, daß ich mein Brötchen mehr in Marmelade tunkte als dünn bestrich. Er sagte nichts, sondern murmelte nur etwas von Nachschub, *just-in-time-production*, Lieferung, Lagerhaltungskosten und Marmeladen-Optimum nach Pareto, vielleicht las er auch bloß halblaut im Wirtschaftsteil. Mit seiner Produktion hatte er sich saisonal unabhängig gemacht, die Beeren und Fruchtsäfte stapelten sich in quadratischen Kunststoffdosen in der Tiefkühltruhe. Er ließ sich gern darüber aus, daß er damit die eigentliche, historische Funktion der Marmelade umgekehrt habe: Er konserviere die Früchte, um frische Marmelade herzustellen, die nur noch im Kühlschrank haltbar sei, anstatt frische Früchte durch Einkochen haltbar zu machen, was mich als Endverbraucher, Schlußpunkt dieser Marmeladennahrungskette, sofern sie nicht unterbrochen war, nicht sonderlich beunruhigte. Mich interessierten Ergebnisse, seine Sorten, ob rote oder schwarze Johannisbeere, Stachelbeere, Brombeere, ob Johannisbeer-, Quitten- oder Apfelgelee, das mein Vater, solange es heiß war, in einem großen Topf auf dem Herd wie flüssigen Bernstein rührte, ab und zu ließ er den blasigen, brodelnden heißen Saft vom Kochlöffel tropfen, um die Konsistenz zu prüfen. Auf der Oberfläche bildete sich weißer Schaum, und es kam vor, daß mein Vater von seiner literarischen Erweckung zum Marmeladenkoch erzählte, ein Ereignis, das er dem Wiederlesen von *Anna Karenina* verdankte. In diesem Buch kommt es auf einer sonnigen Terrasse angeblich zu einem Streit, weil die Fürstin die Marmelade nach einem Rezept zubereiten will, das die alte Haushälterin Agafja nicht kennt. Alles entzünde sich an der Frage, sagte mein Vater, während er seine Fruchtsoße rührte, ob man den Wald- und Gartenerdbeeren vor dem Einkochen Wasser zusetzen müsse oder nicht. Die Alte, die von Wasser in ihren Früchten nichts wissen will, wird schließlich überstimmt und beobachtet mißtrauisch die Fürstin beim Rühren der Marmelade, die in einem Kessel über einem glühenden Kohlenbecken kocht. Sie frage sich, ob die Marmelade fest werde, sagte mein Vater, und ich fragte mich, ob das fürstliche Gewand der Fürstin, ich stellte sie mir im Reifrock vor, so nah am glühenden Kohlenbecken nicht Feuer fangen müsse. Mein Vater rührte seine Beeren und Beerensäfte unter sehr viel weniger romanhaften Umständen, nicht über glühenden Kohlen, weit entfernt vom nächsten russischen Landgut, sondern auf dem Keramikkochfeld einer westdeutschen Einbauküche. Nicht selten allerdings mußte auch er die bange Frage aussitzen, ob seine Marmelade

gelieren werde, weil er auf der Suche nach dem verlore-
nen Marmeladengeschmack seiner Kindheit immer
wieder bemüht war, Zuckeranteil und Kochzeit zu sen-
ken. Wenn einer seiner Versuche, was gelegentlich vorkam, mißlang, schwappte die nur noch im Kühlschrank
haltbare Fruchtsoße auch abgekühlt in ihren Gläsern
hin und her; versuchte ich sie zu essen, tropfte sie mir,
sofern ich die Löcher in den Brotscheiben nicht mit
Butter verstopft hatte, auf den Frühstücksteller. Traf ich
statt dessen eine frischgewaschene Hose, war der Tag
verdorben. *Konfitüre braucht wie Kunststoff ihren Härter,*
sagte mein Vater, er schwor auf Pektin, Gelierzucker
und Zitronensäure, *du weißt ja, wie Epoxid- und Poly-
esterharze härten, frag deinen Onkel,* ich aber interessierte mich mehr für das Schicksal der abgekochten
Bakterien, *was wird aus denen, bleiben die tot in der Marmelade,* fragte ich. Mein Vater antwortete, ich müsse
mir keine Sorgen machen, Bakterien werde ich später
sicher keine schmecken. Falls die Gelierprobe gelang
und die Marmelade nach einigen Minuten im Tiefkühl-
fach wie geronnenes Blut an der Untertasse klebte, war
er froh, und ich konnte anfangen, kleine Cellophanpa-
pierquadrate auszuschneiden. Er goß die Marmelade
aus dem Topf in die heiß ausgespülten Gläser, die mit
den kirschwasserbefeuchteten Cellophanpapierstücken
abgedeckt wurden, eines legte mein Vater wie ein trans-
parentes Pflaster direkt auf die Marmelade, ein anderes
spannte er als zweite Haut über den Rand des Glases,
wo es von einem dünnen Küchengummi festgehalten
wurde. Mit den Gummiringen, die übrigblieben, schoß
ich auf die Deckenlampen. Viel später kam mir in den

Sinn, daß meine Mutter sich vielleicht daran gestört hatte, daß mein Vater, wenn er nicht im Ministerium war, sich nur für Marmeladen, das alte Auto seiner Mutter und seine antiken Uhren interessierte. Die Lust am Einmachen verlor er nicht einmal, als er auf einen keilförmigen Kirschkernsplitter biß, der ihm seinen ersten Stiftzahn und eine mehrjährige Zahnbehandlung einbrachte. Zu diesem Zeitpunkt ließen sich auch in meinem Mund die Zähne ohne Plomben schon schneller zählen als die mit Amalgamapplikationen, die mein Zahnarzt, der später wegen Steuerhinterziehung ins Gefängnis kam, mir verpaßt hatte. Meine Zungenspitze wühlte sich durch den süßen Frühstücksnahrungsbrei in meinem Mund, tastete nach den Rändern der Teilkronen und fuhr über die Vertiefungen der Kauflächen. Irgendwann muß Fes Mutter etwas wie *sind Sie etwa noch müde* gefragt haben, woraufhin mir Erdbeermarmelade vom Toast tropfte und auf das grobgewebte Platzdeckchen aus Leinen kleckerte, auf dem mein Teller stand. Ich hatte nur das Platzdeckchen, nicht die polierte Tischplatte getroffen, die Marmeladenflecken auf meiner Hose bemerkte ich erst später. Ich schaute über den Frühstückstisch und sagte, *ja danke, ich habe gut geschlafen*, und dachte, daß ich zu Frau Ops jahrelang *ja, hab ich, bis du gekommen bist* geantwortet hatte oder ihr halbgebrülltes *schläfst du noch* mit *jetzt nicht mehr* erwiderte. Meist saß sie schon auf meiner Bettkante, als sie, die ich duzte, aber nie beim Vornamen nannte, fragte, ob meine Nase wieder geblutet habe. Eine Zeitlang bekam ich Nasenbluten, wenn mir in der Schule langweilig war und ich an die Luft wollte, wenn ich mit dem Hund spazierenging oder im Auto saß, *mach bitte keine Blutflecken aufs Polster,* sagte mein Vater und lachte. Nasenbluten konnte vom Nasenbohren kommen, vom Kratzen des Fingernagels an einem Blutgefäß, Nasenbluten konnte auch mit Bewegung oder Aufregung zusammenhängen; ich konnte meine Nase bluten lassen, wann ich wollte, was meine Mutter sich zunutze machte, als sie mich, ich war ein Kind, nach England mitnahm. In Dover fürchtete sie eine strenge Zollüberprüfung, weshalb sie zu mir sagte, *wenn du Nasenbluten hättest, ginge alles viel schneller, und wir wären pünktlich in London.* Mir Blut aus der Nase laufen zu lassen war damals ganz leicht, es tropfte Tropfen um Tropfen, ein kleiner Pollock auf dem Boden der Customs Hall, als müßte meine Nase die Grenzlinie ziehen, die auf einer Karte im Schulatlas irgendwo im Kanal zwischen Calais und Dover schwamm. Meine Mutter sagte, *nothing to declare,* als wäre sie eine der Sprechblasenfiguren im Englischbuch. Ich winkte mit meinem verfärbten Taschentuch und ließ weiter rote Punkte auf den trittpolierten Steinfußboden fallen. Um jeden aufgeprallten Tropfen legten sich Kränze kleiner fortgespritzter Töchtertropfen, die ich in ähnlicher Form während meiner Konfirmationsfeier, die wenig später stattfand, wiedersah. Auf der Tischdecke, die wie eine große weiße Mullbinde über der Tafel lag, trocknete das Blut zu rostbraunen Sternflocken, meine Mutter lebte damals schon mehr in England oder in ihrer Kölner Wohnung als in unserem Haus, sie flog hin und her. Meine Eltern waren noch nicht geschieden und doch schon lange über den Punkt hinweg, an dem man sich noch streiten muß, wahrscheinlich haben sie ihr Treffen auf meiner Konfirmation mit einem gemeinsamen Anwaltstermin verbunden. Anläßlich dieser Familienfeier aber wurde das Kind vorgeführt, wir drei haben Familie gespielt, und um mich herum saßen die alten Tanten meines Vaters, eine wie die andere kam mir verschrumpelt vor. Mein Vater, der immer aller Lieblingsneffe gewesen war, hielt eine Rede, der ich nicht zuhörte, weil ich seine Familienphantasien nicht hören wollte. Er wußte von der musikalischen Wirksamkeit seiner Stimme, wenn er wollte, konnte er alles schönreden, reden war sein Beruf, und vielleicht glaubte auch er, daß wahr sei, was gut klinge. Mein Onkel, der Bruder meiner Mutter, der nur von Holz, Kunststoff, Sport und seinem Vater sprach, saß zu weit weg, um mir von seinem neuen Boot erzählen zu können. Seine Frau, meine Tante, die schon damals mehr Zeit mit meinem Vater als mit ihm verbrachte, saß nicht mehr neben ihm. Die älteren Tanten, Tante Ami, Tante Mila, Tante Thea und Tante Fanny, erzählten mir Geschichten von meinem Großvater, ich hörte, wie er nach dem Krieg die ausgebombte Möbelfabrik wieder aufgebaut hatte, dazwischen Gläserklirren, Gespräche über Autos und Todesfälle, Kriegs- und Nachkriegsgeschichten und darüber, wer wo wieviel Geld oder aber Konkurs gemacht hatte. Ich saß allein im Ausguck und schaute von einem Ende des Tisches zum anderen und wieder zurück. Ich erinnerte mich an ein Kinderbuch, in dem von einem Mann die Rede war, der sich sehr wundert, daß ihm auf dem großen Fest in seinem eigenen Haus niemand Beachtung schenkt, bis er zu seiner endgültigen Verwunderung feststellt, daß es sich um seine eigene Beerdigungsfeier handelt. Frau Ops und mein Bruder, wie ich meinen Cousin, den Sohn der Tante, mit der mein Vater sich so gut verstand, gerne nannte, saßen beide Seemeilen von mir entfernt. Frau Ops' Augen blinkten mir wie weit abgelegene Leucht-feuer zu, während Tante Fanny, die neben mir saß, von den Pilgerfahrten erzählte, die sie seit Anfang der drei-ßiger Jahre mit meiner Großmutter, die nicht mehr lebte, nach Nürnberg unternommen hatte. Sie sprach auch von dem weinroten Plumeau, dem einzigen Stück, das sie habe retten können, weil sie es mit in den Bun-ker genommen habe, mehr sei von ihrer Zwischen-kriegskindheit nach dem Volltreffer auf das Haus in der Widenmayerstraße nicht geblieben, die Wohnung, ihre Möbel, die Bücher und alles andere sei schon verbrannt gewesen, als sie mit dem Plumeau im Arm aus dem Bunker gekommen sei. Als meine Mutter, die für diese Feier eine ganze Burg gemietet hatte, zu reden anfing, begann meine Nase zu bluten. Zwei oder drei Tropfen müssen auf das weiße Tischtuch gefallen sein, ich ging hinaus, suchte die Treppe, die hinunter zu den Toilet-ten führte, und nahm drei Stufen auf einmal. Die Toi-lettentür fiel hinter mir zu. Ich beugte mich über das Waschbecken und versuchte mich nicht im Spiegel zu sehen. Rund um den Spiegel und das Waschbecken war die Wand mit Blümchenkacheln gefliest. Ich drehte den Wasserhahn auf und ließ ihn laufen, das Blut aus meiner Nase und ein paar Tränen liefen mit, das Was-ser verdünnte das Blut, es wurde immer heller. Auf den glänzenden weißen Kacheln spiegelte sich eine Kontur:

ich als Schattenriß. Ich steckte mir Tampons, die ich mir aus zerrissenen Papiertaschentüchern gedreht hatte, in beide Nasenlöcher, wischte mit den übriggebliebenen Fetzen die Blutspuren aus dem Becken und wünschte mir, daß der Nachtisch, von dem ich noch nichts gegessen hatte, die ganze Familie, oder was von ihr übrig war, vergiftete, so daß ich von nun an ohne Verwandtschaft weiterleben würde, aber wahrscheinlich wußte ich schon in diesem Augenblick, daß ich dieses Wunsches wegen nicht viel später ein schlechtes Gewissen hätte. Als ich die Treppe wieder hinaufstieg, setzte ich mich in dem großen Saal mit den Wappenbildern zurück auf meinen Platz an der Tafel, mir war, als hätte ich Jahre verpaßt, die ich nie würde nachholen können, dabei waren es zehn Minuten, nicht mehr, nicht einmal eine Viertelstunde. Es passierte noch allerlei auf dem Fest, aber eigentlich hast du nichts versäumt, hätte man zu mir gesagt, wenn ich nicht geblieben wäre. Es wurden, wie es üblich ist, Photos gemacht, die konnte ich Jahre später anschauen und dabei so tun, als erinnerte ich mich, Jahrzehnte später würde ich sie wildfremden Menschen zeigen, die nicht dabei oder zu der Zeit noch nicht geboren waren, und erklären: Das war Tante Ami, hier sind Tante Mila, Tante Thea, Tante Fanny, von der stammt die Uhr, sie hat den Krieg mit einem weinroten Plumeau überlebt. Behalten habe ich dann nur das Photo, auf dem ich in meinen zu schnell gekauften, mit Haarnadeln und Tesafilm unten enger gesteckten Hosenbeinen vor dem Normalobjektiv meines Vaters stehe, dachte ich, er photographierte mich mit dem Rücken zur Einfahrt, ich stehe auf den Wasch-

betonplatten vor unserem alten Haus, das mein Großvater, was ich damals erfuhr, schon lange auf meinen
Namen hatte überschreiben lassen, mein Bruder, der
nicht mein Bruder, sondern der Sohn meiner Tante ist,
sitzt auf den Treppenstufen, die zur Haustür hinauf-
führen, auf denen wochentags die Brötchen lagen.
Meine fressende Verwandtschaft vertrug den Nachtisch,
der auch vor meinem Platzkärtchen auf mich wartete.
Ich zögerte einen Augenblick und fing dann selbst zu
löffeln an. Das Eis, das auf einem Erdbeerspiegel zwischen Minzblättern schwamm, hätte schmecken müssen, wie Eis gewöhnlich schmeckt, weil aber in meinen
Nasenlöchern noch die halbgelierten Blutpfropfen
steckten, die jeden Augenblick platzen konnten,
schmeckte ich nichts. Ich legte den Löffel zur Seite,
wobei ich versuchte, jede hastige Kopfbewegung zu vermeiden, hielt meine Nase möglichst unbewegt über
dem Teller, öffnete meinen Mund nur noch, um Wein
hineinlaufen zu lassen, und sah dem Eis beim Schmel-
zen zu. Ich befürchtete, jemand könnte bemerken, daß
ich geweint hatte, und erinnerte mich an die Beerdi-
gung meiner Großmutter, erinnerte mich an das Lei-
chenschmausgefühl und dachte, vielleicht bin ich die
Leiche, die elternferngesteuert bewegt werden kann,
zieht mich aus, zieht mir die Haut ab, nehmt euch
reichlich, eßt mich auf. Die Tanten meines Vaters
waren mit ihren rhapsodischen Erzählungen inzwischen in den beschwerlichen Aufbaujahren angelangt,
ihre Unterhaltung wurde, wie alles im Saal, immer lauter. Als sie mit dem Nachtisch fertig war, gab Tante
Fanny mir ein kleines Kästchen, das ich auf ihre Anwei-

sung hin, ich hatte keine Wahl, sofort öffnete. Mir schaute das Zifferblatt einer goldenen Uhr entgegen, noch eine Uhr, dachte ich, soll auch ich nun Uhrensammler werden, und sie sagte, *die is nich zum Tragen, die is zum Aufheben und Vererben, die is schon sehr alt*. Ich vergaß zu fragen, warum die Uhr nicht verbrannt sei, wo doch alles andere verbrannt sei, und erfuhr deshalb nicht, Tante Fanny starb kurze Zeit später, wer die Uhr während des Krieges wie und wo aufbewahrt hatte, da meine Tante angeblich doch nur ein weinrotes Plumeau habe retten können. Als die Tafel fast schon aufgehoben war, ging ich, die neue Uhr am Arm, hinaus in den Garten. Die Luft war kühl, und vielleicht wollte es von irgendwoher schon dunkel werden, vielleicht aber dreht hier auch nur die Erinnerung am Dimmer und dämpft das Licht: Der Rhein, die rauchgraue, blaue Kunststoffschlange, lag eingegossen zwischen links- und rechtsrheinischer Eisenbahnstrecke und den beiden Uferstraßen unter mir, und ich sah Lastkähne, Schlepper und Schubschiffe, wie sie auf fehlfarbigen Ansichtskarten fahren. Vielleicht hörte ich das Tuckern der Schiffsdiesel bis zu mir herauf, hin und wieder funkelte womöglich auch ein Auge aus dem Kielwasser; die Fächerwellen wollten auf ihrem Weg zum Ufer immer die vor ihr laufende Schwester überholen. Wenn sie gegen die Uferböschung oder an eine der Buhnen klatschten, hörte ich ihr *bin schon da* bis auf den Berg, das Gipfelplateau über der rechten Rheinseite lag mir genau gegenüber. Vielleicht hörte ich auch nur das Ticken an meinem rechten Handgelenk, an das ich mich gar nicht würde gewöhnen müssen, dachte ich, denn tragen sollte ich die Uhr ja nicht, nur aufheben und hin und wieder aufziehen, nicht einmal richtig stellen müßte ich sie, *wichtig is nur, daß das Uhrwerk nich vergißt, wie es laufen muß,* sagte Tante Fanny. Ich hatte große Lust, die Uhr hinunter in den Rhein zu werfen, aber weil ich wußte, daß ich nicht so weit würde werfen können und die Uhr nicht in den Fluß gefallen, sondern nur irgendwo im Gestrüpp der Böschung hängengeblieben wäre, überlegte ich es mir anders. Mein Bruder, der mir auf der Wiese entgegenkam, wäre sicherlich bis ins Wasser gekommen, aber ich verzichtete darauf, ihn zu bitten, meine neue Uhr hinunter in den Fluß zu werfen. Er fragte, ob ich nicht mit ihm schwimmen gehen wolle, und zeigte mir den Weg zu dem Schwimmbad im Seitenflügel der Schloßanlage. Die Eingangstür war unverschlossen, Lichtschalter fanden wir nicht, Handtücher lagen auf einer Bank vor dem Fenster. Mein Bruder knöpfte sich das Hemd an den Ärmeln auf und zog es zusammen mit dem Unterhemd über den Kopf, auf seiner Brust hatte er damals noch keine Haare. Dann öffnete er den Gürtel und streifte die Hosen herunter. Ich zog nach den Schuhen – immer war ich unsicher, was ich zuerst aus- und in welcher Reihenfolge wieder anziehen sollte – sehr vorsichtig, um die Haarklammern und den Tesafilm nicht abzureißen, die Hose aus und legte sie auf die mit Pfennigfliesen gekachelte Bank. Mein Bruder und ich hatten kein Badezeug, wir sprangen nackt ins Wasser und spielten die üblichen Spiele und Wasserspiele, wir gingen vielleicht ein wenig weiter als sonst, während ich noch dachte, mit vollem Bauch soll man nicht

schwimmen. Als ich meine zu schnell gekaufte dunkelblaue Hose nach dem Schwimmen wieder anzog, ver-
rutschten die Haarnadeln in den Hosenbeinen, meine
Haare waren naß, und ich vermißte eine Bürste. Dann
erst bemerkte ich, daß ich vergessen hatte, das Erb-
stück an meinem Arm, das mein Großvater oder meine
Großmutter von meinen Urgroßeltern geschenkt
bekommen hatte, abzulegen, und natürlich war die
Uhr, woher auch, nicht wasserdicht, erinnerte ich mich,
das Gehäuse lief voll und trocknete langsam, kleine
Wassertröpfchen klebten noch wochenlang unter dem
Glas, wie Regentropfen an einer Fensterscheibe, dachte
ich nun, Jahre später, ich saß in Köln am Frühstückstisch. Ich sah auf meine Handgelenke, und mir fiel ein,
daß Fes Mutter mich gefragt hatte, ob ich müde sei,
geantwortet hatte ich ihr nicht, ihre Frage hallte nur
nach, mein verschleierter Blick hatte sich erst im Garten, dann im Himmel dieses diesigen Morgens, der auf
der frischgemähten Wiese lag, verfangen. Ich hätte ihre
Frage mit ja beantworten müssen, ja, ich bin noch
müde, aber ich sagte, *ja danke, ich habe gut geschlafen,*
und schmierte mir Marmelade auf einen Toast. In dem
Frühstücksstilleben, Fes Mutter hatte sich Mühe gegeben, stand neben der Marmelade ein Nutellaglas, sie
muß es aus alter Gewohnheit gekauft haben, dachte ich
und hatte große Lust, den Deckel abzuschrauben und
die Goldmembran, die sich nach dem ersten Öffnen
noch straff über den Glasrand spannt, zu zerstoßen.
Sonst trommelte ich gern einige Takte auf dem dünnen
Trommelfell, bevor ich die Haut mit dem Zeigefinger-
nagel durchstach. Auf der unteren Seite der Abdeckfo-

lie hätte ich sicher den braunen Klecks gefunden, bis dahin muß Nutella hinaufgeschwappt sein, als es noch flüssig war, hätte ich dann wieder denken können, aber ich öffnete das Nutellaglas nicht. Honig mag ich mittlerweile viel lieber, dachte ich und kaute auf meinem Marmeladentoast, an dem es gar nichts zu kauen gab. Ich aß auch noch eines der aufgetauten und wieder aufgebackenen Brötchen, dessen Kruste absprang, sowie ich es aufschnitt, und ich schaute auf meinen Schoß, als ob ich nachsehen müßte, welche Hose ich trug, als müßte ich mich vergewissern, daß nicht irgendeine Erinnerung mich aus- und mir meine dunkelblaue, zu schnell gekaufte Konfirmationshose wieder angezogen hatte. Der Blick auf meinen Schoß beruhigte mich, ich trug die nachtblaue Hose mit dem weichen Innenfutter, die meine Mutter mir in England gekauft hatte, als ich sie wegen des Wagens besuchte. Über die Marmeladenflecken auf meinem Schoß versuchte ich genauso hinwegzusehen wie über die Sitzfalten, die von der langen Bahnfahrt am Vortag geblieben waren. Fe war aufgestanden und unterhielt sich mit ihrer Mutter hinter der Durchreiche in der Küche, und wieder fand ich, daß ihre Stimme sich verfärbt anhöre. Auch ich stand auf, brachte Teller und Tasse in die Küche, wo ich Fe vor dem großen Kühlschrank stehen sah. Zu dem Herrenhemd in Töchterhellblau, in dem ich sie schon am Tisch gesehen hatte, trug sie ihre hellbraune Hose. Sie hatte ihre Schuhe, schwarze, halboffene Schuhe, schon angezogen, ich ging noch auf Strümpfen. Sie stellte Milch und Butter und auch die Marmelade zurück in den Kühlschrank, während ihre Mutter wer weiß wovon erzählte. Ich wußte nur, daß Fe mir später sagen würde, *alles, was ich immer loswerden wollte, kommt zurück,* und daß die Vorstellung, die ihre Mutter von Familie habe, den Bildern ähnele, die sie in ihre Photoalben klebe, *Untertitel schreibt sie in bunter Schreibschrift, Fehlbelichtungen kommen nicht vor, Unschärfen und Regenwetter werden ausgeblendet.* Immer wieder hatte Fe mir von ihrer Mutter erzählt, fiel mir nun wieder ein, da ich beide in der Küche sah: Ihre Mutter sei abends oft in ihr Zimmer gekommen, um ihr mitzuteilen, wie schlecht es ihr gehe, um ihr zu sagen, sie lasse sich nur ihretwegen nicht scheiden, damit sie ihre Familie behalte. In meinen Augen, ich sah sie nun hinter der Durchreiche in der Küche stehen, fielen ihre Gesichter auf einmal über- und ineinander und verschwammen in einer Ähnlichkeit, in der Mutter und Tochter wie photokopiert nebeneinanderstanden, Fe fehlten nur die Falten um die Augen, *wo die Haut nur Nanometer dünn ist,* wie sie sagte. Ihre Mutter schien ihr eine Perlenkette um den Hals gelegt zu haben, und erst in diesem Augenblick, als ich sie so nebeneinanderstehen sah wie Mutter und Tochter in der Werbung für Merz-Spezial-Dragées, verstand ich, warum Fe sich für ihre Mutter so brav wie möglich anzog, ihre Brille, nicht die Linsen trug. Fe schloß die Kühlschranktür, und mir ging in diesem Moment auf, daß ich mich stets ein wenig vor dem Augenblick nach dem Frühstück fürchtete, in dem sich, wie ich glaubte, der ganze Tag entscheiden konnte. Ich wollte mich von der Unschlüssigkeit, die mich an anderen Tagen zurück ins Bett fallen ließ, nicht hier auf Strümpfen erwischen lassen. Ich stieg die zwei

Treppen hinauf, um meine Schuhe zu suchen und die Flecken der Erdbeermarmelade aus meiner Hose zu waschen. Vielleicht hatte ich auch das Gefühl, ein wenig zu stören, und wollte Fe und ihre Mutter für einige Minuten alleine lassen. Ich sperrte die Badezimmertür hinter mir zu und wusch mir, als müßte ich mich nochmals wecken, das Gesicht unter dem laufenden Kaltwasserhahn. Ich habe vor dem Kaffee gar kein Glas Wasser getrunken, fiel mir ein, spülte den Mund, spuckte aus und spülte nach, ich zog Ober- und Unterlippe über die Zähne zurück und schaute mir ins Gesicht. Vom Gesicht bleibt, ohne Haut und ohne Fleisch, ein Totenschädel, dachte ich, Nase, Ohren, Augen und Wimpern verschwinden, nur die Zähne werden im Kiefer weiter grinsen. Vielleicht sind die Füllungen, Teilkronen und Inlays aber bald so groß und zahlreich, daß mir keine Zähne mehr bleiben, dachte ich. Ich legte Klopapier auf die Brille, zwei Blatt auf jede Seite, und setzte mich. Meine Hose hing mir knapp unter den Knien. Und wie von selbst, und ohne daß ich mich hätte unterbrechen können, lief aus meiner Blase, wie ein langer gelber Satz, was mein Unterleib an Körperflüssigkeit nicht halten wollte, kurze Pause, die Landschaft ändert sich, vielleicht drückte mich auch ein Stilproblem, eine Störung, ich wartete, ich hatte Zeit. Ich hörte Regentropfen ans Fenster klopfen, bis der Geruch des stoffgewechselten Abendessens heraufstieg, verabschiedete Körperwärme fiel in die weiße Schüssel, und mir fiel ein, daß meine Mutter mich früher immer mittags angerufen hatte. Wenn ich aus der Schule nach Hause kam, warf ich meine Jacke auf einen der Sessel im Flur, nie hängte ich sie über einen der leeren Bügel an der Garderobe, auf denen die Jacken und Mäntel meiner Mutter gehangen hatten. Ich ging in die Küche, wo mein Mittagessen auf einem Teller und unter glattgezogener Klarsichtfolie darauf wartete, aufgewärmt zu werden, Salatblätter, Schinken- streifen und Käsewürfel konnte ich auch kalt essen, manchmal stand daneben auch ein Stück Pflaumenku- chen oder Apfelstrudel, und ich las *Sahne steht im Kühl- schrank* auf einem kleinen Zettel, auf dem Frau Ops, die meist schon weg war, wenn ich kam, die Schrift meiner Mutter imitiert hatte. Im Eßzimmer wartete die Serviette in ihrem silbernen Rettungsring, ein leeres Wasserglas und die breite Lücke zwischen Messer und Gabel auf mich und meinen Teller. Und obwohl es natürlich immer hieß, *iß nicht im Wohnzimmer*, ging ich mit meinem Teller genau dorthin. Meine Mutter rief mich früher immer an, wenn ich aus der Schule kam, dachte ich, sie rief nach dem Essen an und fragte, wie es mir und wie es dem Hund gehe, ob ich schon mit ihm spazieren gewesen sei, und sie sagte, ich dürfe nicht vergessen, ihm Futter zu machen, und wieder- holte mir all das noch einmal, was Frau Ops mir auf kleine gelbe oder rote Zettel geschrieben hatte, sie sagte, *laß den Hund aus dem Zwinger, aber laß ihn nicht zu lange im Garten.* Ich zerknüllte die Zettel oder faltete kleine Papierdüsenflieger, die ich, mit einigen Zwi- schenlandungen, von der Küche bis ins Wohnzimmer fliegen ließ, dort segelten sie hin und her und stürzten schließlich in den Kamin oder neben dem Fernseher ab. Neben dem Kamin lag Holz, Stuhlbeine und andere

Reste der in Konkurs gegangenen Schulmöbelproduktion, Standkufen aus unbehandelter, massiver Buche, Strebhölzer und laminierte Rückenlehnen, die ich ins Feuer werfen durfte, an mancher Schnittkante konnte ich Jahresringe zählen. Es gab Tage, da tat mir das Holz leid, an anderen hätte ich gerne viel mehr verbrannt, *nur ein kleines Stück vom Klavier, bitte, Papa, damit ich nie wieder üben muß*, oder eins von den langweiligen Büchern, die meine Mutter lesen oder schreiben mußte, oder einen Stoß der Akten, ohne die mein Vater selten nach Hause kam. Größte Lust, das ganze Haus anzuzünden, angefangen mit dem Arbeitszimmer meiner Mutter, hatte ich an dem Nachmittag oder frühen Abend, an dem meine Mutter, sie hatte ausnahmsweise frei, mit mir vom Einkaufen kam und mir sagte, sie und Papa würden, ich weiß nicht mehr, wie sie sich ausdrückte, ab sofort getrennte Wege gehen – vielleicht sagte sie einfach, *Papa und ich müssen uns trennen*, und ich ließ die zwei großen Papiertüten, deren Kordelgriffe mir in die Haut auf meinen Handrücken schnitten und die mir plötzlich wie zwei riesige nasse Teebeutel an den Armen hingen, fallen oder ließ sie vor und zurück pendeln und hörte meine Mutter, sie hatte das Auto abgestellt und stand in der Einfahrt, sagen, *es wird sich nicht viel ändern, wir werden uns oft sehen, Papa und ich bleiben befreundet*. Ich trat gegen die Einkaufstüten, was, weil sie aus starkem Papier waren, ein knallendes Geräusch machte, und dachte, nie wieder werde ich mit ihr reden und mir von ihr etwas zum Anziehen kaufen lassen, ich trat gegen die Tüten und bemühte mich, nicht zu weinen, spürte aber schon, wie sich in mir, wogegen ich mich nicht wehren konnte, alles aufs Heulen vorbereitete, die Gefühlsverflüssigung beginnt hinter den Augen und füllt den Tränentank, der die Augäpfel aus zwei Kammern bewässert, versuchte ich sehr technisch zu denken, was mir nicht weiterhalf, meine Mutter hatte leichtes Spiel mit mir. Tränen konnte ich, bevor sie gekullert kamen, was als Wort viel zu lustig klingt, riechen, sie liefen mir dann einfach aus den Augen, schmeckten nach Salz und verklebten mir die Sicht, *ich habe Uhu in den Augen*, habe ich vielleicht gesagt und gegen die Papiertüte getreten, in der mein neuer Wintermantel lag. Meine Mutter versuchte mich zu trösten, was sich ähnlich anhörte wie das, was sie am Telephon sagte, wenn sie mich nachmittags nach der Schule anrief und mich an meine Pflichten erinnerte, *laß den Hund aus dem Zwinger, und geh mit ihm raus*, und *sprich auch mal mit ihm*, ich hörte sie sprechen und zog das Telephon mit seiner langen Schnur bis ins Wohnzimmer, ich sah den Teppich an der Wand und die Uhren – die größte von ihnen nannte mein Vater Kindersarg –, ich sah meine Papierflieger im Kamin und zertrümmerte Schulmöbelreste, die darauf warteten, verbrannt zu werden. Ich ließ mich von einem der Pendel hypnotisieren und versuchte, nicht auf die Dinge zu achten, die meine Mutter hatte stehenlassen: ihre alten Bücher, ihre Kursbuchsammlung, etliche Bildbände und ihre Platten im Schrank neben der Stereoanlage. Mein Vater war viel zu faul, um all das wegzuräumen, sehr wahrscheinlich, daß er es gar nicht mehr wahrnahm. Ich ließ den Hund aus seinem Zwinger, ließ ihn ins Haus und legte ihn an die Leine, steckte meinen Haustürschlüssel wieder ein und ging mit dem Hund auf die Straße. Er ging neben mir oder zog mich mit, manchmal aber hing er mir wie eine schwere Einkaufstüte am ausgestreckten Arm, und ich mußte ihn hinter mir herziehen. Wir überquerten die Adenauerallee an der Ampel vor dem Museum König, in dem ausgestopfte Tiere ausgestellt waren, kamen vorbei an der Öffnung in der Erde, die zum U-Bahn-Schacht hinabführt, und marschierten hinunter zum Fluß. Der Hund, der mir nicht sagen konnte, ob er meine Mutter vermißte, zog an der Lederleine, die in doppelter Schlaufe um mein Handgelenk lag, er kannte den Weg besser als ich, hatte auf unzähligen Runden jeden Meter mit seiner Nase beschnüffelt. Er ging mit mir, nicht ich mit ihm spazieren, er schob seine Schnauze über den Boden, kehrte mit hängenden Bart- und Schnauzhaaren wie ein widerspenstiger Bodenstaubsauger über Asphalt und Verbundsteinpflaster und drückte seine schwarze Nase, die alle denkbaren Ausdünstungen aufzusaugen und in einem geheimen Stoffwechsel verflüssigt, verfärbt und strenger riechend zwischen den Hinterbeinen wieder auszuscheiden schien, schnuppernd in jede Ritze des Bürgersteigs. An jedem Baum, Laternenmast und Straßenschild blieb er stehen. Ich spielte meine Spaziergangsspiele: niemals eine Fuge zwischen Gehwegplatten betreten, in ungeraden Jahren den Fuß nur auf die Zebrastreifenzwischenräume, in geraden Jahren nur auf die weißen Balken setzen. Der Weg hinunter zum Wasser zog sich in die Länge. Am Ufer angekommen, wußte auch der Hund nicht weiter, bald sah ich ihm beim Kacken zu. Manchmal wandte ich mich ab, um ihn, der eigentlich die Wiese vor dem Bundeshaus bevorzugte, nicht zu stören. War er fertig, spannte sich die Leine, die uns wie ein Stromkabel verband. Bei einem späteren Anruf würde meine Mutter fragen, *warst du mit dem Hund draußen*, und auch wenn sie nicht wirklich wissen wollte, welche Farbe sein Haufen hatte, ihrem Ohr am anderen Ende der Leitung beschrieb ich ihn gern, selbst wenn der Hund doch wieder nur in den Garten gemacht hatte, weil ich nicht mit ihm spazieren gewesen war; meiner Mutter zuliebe, die mich nur fernmündlich kontrollieren konnte, erfand ich auch Begegnungen mit Politikern oder anderen Anzugträgern, die sich so bewegten, als müsse man sie aus dem Fernsehen kennen. Von Zeit zu Zeit kam das ja vor, aber als wolle sie meine Erzählungen prüfen, rief sie hin und wieder ihren Hund ans Telephon, ich hielt ihm den Hörer ans Ohr, aus dem er die Stimme seines Frauchens hörte, ich sah seine Härchen am Gehörgang zittern. Ich dachte an das große, sehr große Blatt Papier, das ich immer vollschreiben wollte mit all den Vorwürfen, die ich meiner Mutter machen wollte, aber saß ich irgendwann tatsächlich vor einem Briefbogen, der mir klein wie ein Schnipsel vorkam, verglichen mit dem Blatt, das ich auf meinen Spaziergängen mit dem Hund wer weiß wie oft vollgeschrieben hatte, wußte ich nie, wie ich ihr erklären sollte, daß ich nicht so sein wollte, wie sie mich wünschte; ich kam in meinen Briefen selten über *Liebe Mama* hinaus, die Anrede allein schien mir so unpassend, daß ich meist schon nach der ersten Zeile wieder abbrach. Schrieb ich mehr, beschlich mich rasch

39

das Gefühl, mich mit meinem Stift auf einer weichen, widerstandslosen Masse zu bewegen, die auf Druck wie eine träge Flüssigkeit reagierte: Auf der Oberfläche dieser viel zu süßen Creme blieb überhaupt keine Spur. Abgeschickt habe ich keinen dieser Briefe, ich hörte meine Mutter durch den Telephonhörer mit dem Hund sprechen, ich schaute auf eine der Uhren, die mein Vater sammelte, und stellte fest, wie viel oder wie wenig Zeit verging, vielleicht verging die Zeit auf seinen alten Uhren, gerade weil sie so alt waren, noch viel langsamer. Oft kam ich in Versuchung, die eine oder andere Uhr zu verstellen, und manchmal, wenn ich keine Lust mehr hatte zu warten, verstellte ich eine der Uhren mit offenem Zifferblatt. Ich wünschte mir, daß etwas passierte, wünschte mir einen Ring oder eine Zauberhandbewegung, mit der ich die Zeit hätte vorspulen können, während die Skelettuhr auf der Kommode im Flur unter ihrer Glashaube, die das Uhrwerk gegen Zugluft und Veränderungen der Luftfeuchtigkeit schützte, gedämpft und immer langsamer weiterlief. *Unter der Haube bleibt die Uhr ganggenau*, meinte mein Vater, ich fügte im stillen hinzu, jede Sekunde trägt einen Taucherhelm, und fragte mich, was der Hund über die Stimme meiner Mutter, die auch er nur durchs Telephon hörte, dachte. Gern hätte ich auch gewußt, was er, sofern er überhaupt denken konnte, von uns allen dachte, und ich fragte mich, wie sieht seine Welt aus, riecht er sein Fell, seine Hundehaare, die längeren und kürzeren Vergangenheitsfäden, die er überall auf den Teppichen verteilte, riecht er den Grundgeruch des Hauses, unsere Eigendufthaube, die Teppiche und die

Teppichschaumreste, die Putzmittelparfümierung, die kalte Küche, die Schublade mit dem Hundefutter, die leeren Weinflaschen auf der Kellertreppe und die eingelagerten Äpfel, riecht er seinen eigenen Gestank, und wie sieht die Welt geordnet nach Gerüchen aus, fragte ich mich, welche Bilder malt er sich hinter seinen Hundeaugen, kann er den Kuchen in Farbe riechen, wie blütenweiß riecht er frische Wäsche im Korb, die Alt- und Neuwagendüfte und sein Hundeshampoo, mit dem mein Vater ihm ab und zu das Fell wusch, was erschnüffelt er auf der Fußmatte, an meinen Hosenbeinen, zwischen meinen Füßen, riecht er etwas, wovon ich nichts oder nichts mehr weiß? Im nachhinein fragte ich mich, ob er nicht alles immer schon viel früher wußte, weil er einfach alles riechen konnte und die Gerüche meines Vaters, meiner Mutter und meiner Tante kannte. Nach den Telephonaten mit meiner Mutter wartete ich darauf, daß das Fernsehprogramm anfing, vielleicht übte ich, wenn mir sehr langweilig war, bis dahin Klavier, verlor aber meist schon nach kurzer Zeit die Lust. Ich befürchtete, die Haut meiner Fingerkuppen könnte sich auf den Tasten abwetzen und wie eine Hose am Knie immer dünner werden, weshalb ich mich bald der klassiklastigen Plattensammlung meiner Eltern zuwandte, die ich nach den vereinzelten Rockplatten durchforstete, Beatles, Creedence Clearwater Revival, Rolling Stones, *Let It Bleed*, die ganze Peter-Handke-Musik, die meine Mutter hiergelassen hatte. *Papa, warum machen die auf dieser Plattenhülle denn die Torte kaputt*, fragte ich, und *wer sind denn all die Köpfe auf dieser roten Platte*, Sergeant Pepper, *We hope you will enjoy the show*, kam aus den schwarzen Lautsprechern, die der Hund schon einmal angepinkelt hatte, wovon ein weißer urinchromatographischer Rand geblieben war. Ich hörte und las Verse, die ich nicht verstand, *About a lucky man who made the grade. / ... / he blew his mind out in a car / he didn't notice that the lights had changed*, und zog alte Photoalben aus dem Regal, sah meine Mutter neben ihrem ersten Käfer stehen, meine Eltern in Italien, meine Eltern in Spanien, schwarzweiß dokumentierte Familienfeiern vor meiner Erinnerung und vor meiner Geburt, ich blätterte durch Bildbände aus den Großformatfächern des Bücherregals – die Pyramiden, New York in den sechziger Jahren, ein Photo vom Riverside Drive, die Olympischen Spiele 1968, drei schwarze Fäuste und die Nacht von Tlatelolco – und suchte in den beiden Hitler-Biographien, der mit dem braunen und der mit dem schwarzen Einband, nach Bildern vom Reichsparteitag, auf denen ich irgendwo in der Masse meine Großmutter und eine meiner Tanten vermutete. Wenn ich den Fernseher einschaltete, fing die *Drehscheibe* an, ich sah Sissy de Maas und schaltete sie sofort wieder ab, nicht ohne immerhin dem Hund erzählt zu haben, diese Frau im Fernsehen moderiere die langweiligste Sendung des langweiligsten Fernsehprogramms der Welt. Und der Hund nickte, als wolle er mir zustimmen, er nickte, weil ich seine Schnauze in beide Hände nahm und hoch und runter bewegte. Ansonsten verschlief er den Nachmittag, nur wenn er unruhig wurde, ließ ich ihn in den Garten. Ging ich in die Küche, um mir Marmeladenbrote zu schmieren, kratzte er an der Terrassentür, vielleicht hatte auch er Angst, irgend etwas zu verpassen. War er wieder drinnen, wollte er raus, war er draußen, wollte er wieder rein. Und so weiter. Ich machte ihm Futter, bevor die Vorabendserien anfingen, bei denen ich mich nicht stören lassen wollte, *machste dem Hund sein Futter*, hatte Frau Ops gesagt. Ich mischte eine halbe Dose Chappi, die im Kühlschrank stand, mit Haferflocken, öffnete eine rote Frolictüte, von der mich ein Collie angrinste, den ich natürlich Lassie nannte, ich schlug ein Ei auf, *Eier und Mehl, Safran macht den Kuchen gehl*, verrührte Ei, Haferflocken, Chappi und Wasser, streute Frolic darüber und erinnerte mich an Versuche, Kuchen zu backen, die ich an sehr langweiligen Nachmittagen gelegentlich unternahm, manchmal fütterte ich den Hund auch mit dem kalten Pansen, von dem mein Vater einen Teil für sich abgezweigt und nach der Art von Caen weitergekocht hatte. Oder ich gab dem Hund einen großen Rindsknochen, vielleicht noch irgendwelche Reste, die Frau Ops mit kleinen Zettelchen für den Hund bestimmt hatte, *lirum larum Löffelstiel, wierum warum weiß nicht viel*, ich machte meinen Vater und alle Handbewegungen nach, die ich aus Fernsehkochsendungen kannte, ich kochte Hundefutter, wie mein Vater Marmelade kochte, und bildete mir ein, ich könne kochen, vielleicht, weil ich ohne Gefahr für meine eigenen Geschmacksempfindungen zusammenrühren konnte, was mir in den Sinn kam, als wäre die Küche eine Sandkastenküche. Silber, den ich nicht gerne Silber nannte, ich mochte seinen Namen nicht, schaute mit großen dunklen Augen, mit gesteigertem Hundeaugenblick auf den Herd. Den Topf, dem auf beiden Seiten die Griffe fehlten, trug ich hinaus in Silbers Hundezwinger, auf dem Weg dorthin sprang er in die Luft, lief vor mir her, vor und zurück, und streckte mir seine feuchte, fleischfarbene Zunge entgegen, die zwischen seinen Zähnen wie ein weinrotes Inlett aus einem nicht zugeknöpften Bettbezug hervorschaute. Ich fragte mich, warum er sich nicht auf die Zunge biß, und dachte später, viel später, als Fe mir ihre ethnologischen Geschichten erzählte: Vielleicht hätte ich die ganze Zukunft aus seinen Bewegungen vor seiner Hundehütte herauslesen können, denn wie Fe mir erklärte, las man im alten Indien aus der Art und Weise, wie königliche Hunde sich neben ihre Freßnäpfe legten, den Zustand des Staates, die Treue der Königin und die Geschicke des Thronfolgers heraus. Unser Hund schien über nichts, was er tat, besonders lange nachzudenken, nach seinem warmen Fressen lief er zurück auf die Wiese und kaute auf einem der Knochen, wobei er mich nie fragend ansah, wo denn das Fleisch auf dem Knochen sei, er nagte die Reste und leckte den Geschmack aus seinem Nachtischknochen. Röhrenknochen durfte ich ihm nicht geben, *Röhrenknochen splittern*, sagte meine Mutter. Wenn mein Vater sie nicht irgendwann aufsammelte oder Frau Ops sie beim Rasenmähen mit dem Schneideblatt zerhäckselte, blieben die Knochen abgenagt auf der Wiese liegen und bleichten in der Sonne aus. Spatzen pickten die Haferflockenreste aus Silbers Hundetopf, ich wußte nicht, ob sie sich dabei wie ihre afrikanischen Artgenossen fühlten, die sich ihr Fressen zwischen den Zähnen eines Flußpferdes suchen müssen. Wenn der Hund noch

Durst hatte, schlich er an den Teich und trank von dem Wasser, in dem die Goldfische sich wie aufgezogene Unterwasserspielfiguren drehten, auch von einer eingetauchten Hundeschnauze ließen sie sich nicht aus der Ruhe bringen. Mit nassen Schnauzhaaren trottet der Hund aus der Erinnerung auf mich zu und legt sich auf dem flauschigen Badezimmerteppich vor meine Füße, dachte ich, Jahre waren vergangen, und der Hund, dem ich ab und zu die Schnauzhaare gestutzt hatte, mit denen er beim Gehen den Boden kehrte, war lange tot. Ich saß auf der Toilette des Badezimmers unter dem leicht angeschrägten Dach in Köln und dachte an das Abendessen am Vorabend, ich dachte an Fes Fuß, den sie während des Essens auf meiner Hose abgelegt hatte, und wunderte mich, daß ich nicht mehr wußte, was wir zum Nachtisch gegessen hatten, ich erinnerte mich nur noch an Fes Fuß auf meinem Schoß. Ich hörte den Regen ans Fenster tropfen und erinnerte mich an Eis auf Erdbeerspiegel, an Minzblätter auf Mousse aus weißer und schwarzer Schokolade und an heiße Himbeeren, die ich unter den Augen meiner Verwandtschaft vorsichtig essen mußte, weil noch weiche Blutpfropfen in meinen Nasenlöchern steckten, aber an den Nachtisch am Vortag erinnerte ich mich nicht. Es gab keinen Kuchen, keine Linzer, keine Großvater-schokoladentorte, dachte ich, meine Beine schliefen langsam ein. Ich sah mich am eckigen Eßtisch sitzen, *die Kinder sind nach Hause gekommen, Sonntagabendessen, Mama hat gekocht,* sagte Fe, ich saß auf dem mir zugewiesenen Platz im Wintergarten und blickte durch den kleinen Hydrokulturdschungel auf die Fensterscheibe, die bis zum Boden durchgezogen war. Ganz unten auf dem Glas klebte, wie eine eingeschlafene Schnecke, ein Erschütterungsmelder der Alarmanlage. Die Pflanzen hätte ich, obwohl ich wußte, daß es keine waren, Palmen genannt, auf den weißen Wänden stießen die Bilderrahmen fast überall aneinander, von der Glasfasertapete war nicht mehr viel zu sehen. Punktstrahler und eingelassene Halogenlampen leuchteten wie Bojen von der Decke, über dem Eßtisch baumelte an einem dünnen Drahtseil die tief herabhängende Taucherglocke, die mit ihrem breitkrempigen Lampenschirm Schlaglicht auf die Tischplatte warf. Lichteinfall ist immer abhängig von Wassertiefe und Sonnenstand, dachte ich, irgendwann, nach soundsoviel Metern, sieht man nur noch Blau. Hinter mir lag der Durchbruch zum Wohnzimmer mit dem offenen Polstermöbelviereck, auf dem ich schon einige Minuten Dekompressionszeit mit Konversation abgesessen hatte. Um das Polstermöbelviereck herum schmiegten sich hüfthohe, gut gefüllte Bücherregale an die Wände. Taktstriche zwischen den weißen Regalbrettern verhinderten, daß Bildbände und Großformate ihr Gleichgewicht verloren. Mir fehlte die Wand im Rücken. Lehnte ich mich zurück, konnte ich über Fes Schulter in den Garten und auf die Wiese sehen. Wo die Waschbetonplatten der Terrasse aufhörten, stand ein Baumstumpf, weiter hinten wuchsen drei alte Rotbuchen, die noch ihre Blätter hatten. Mitten in der Wiese steckte eine schiefe Fahnenstange, ein langer Speer, eine heilige Lanze, schräg im Boden und wippte leicht im Wind, ein Fahrwasserbegrenzungspfahl, um den sich ein aufgemaltes blaues Band zu

einer Spirale wickelte wie das Ende einer Geschenk-
bandschleife um sich selbst. Vielleicht hat ein Stab-
hochspringer nach dem Absprung seinen Stab stecken-
lassen, dachte ich, die Stange gefiel mir, sie gefiel mir
auch ohne weitere Erklärung. Wenn es wärmer gewesen wäre, hätten wir in den Garten schwimmen können, von draußen aber sah nur der Baumstumpf mit
seinen Astaugen auf den Tisch. In den vier tiefen Tellern schwamm das mit viel Olivenöl mediterranisierte
Geflügel zwischen ganzen Knoblauchzehen, ein Gericht,
das sich auf dem Hochglanzphoto eines Kochbuchs im
Großformat gut gemacht hätte. Fes Mutter, wußte ich,
kochte streng nach Rezept, sie kochte auch, wie ich von
Fe wußte, sogar jedes Jahr das Weihnachtsmenü, wie
die Wochenzeitung es ihr vorschrieb, sie blätterte in
Kochbüchern wie in ihren Kunstzeitschriften, die griff-
bereit auf dem Couchtisch auslagen. Ich trank den
Wein in meinem Glas wie eine mir zugeteilte Ration
flüssigen Sauerstoffs, ich sah die gedrängt hängenden
Bilder, den Tisch und die Besatzung wie durch einen
Schleier, ich wunderte mich über die Tönung, vielleicht
liegt auch nur ein Wasserfilm auf meinen Augen,
dachte ich, und ich versank im Ausgedachten; Besucher werden in Taucheranzügen durch das Haus, vor
die Bilder und bis auf den Grund der Dinge geführt;
unter Wasser geht alles ganz langsam, die Bestecke
klappern mit Dämpfpedal auf den Tellern, Harpunen
stecken mit Widerhaken im Fleisch. Wie ist es, wenn
man unter Wasser kotzen muß, fragte ich mich, als ich
die Silben aus dem Mund ihres Vaters in winzigen Blasen blubbern und auf meine Ohrmuscheln, die ich am

liebsten verschlossen hätte, zutreiben sah, ihr Vater sprach und ließ ganze Sätze steigen, während Fe, die falsche Meerjungfrau, einen ihrer Füße wie einen Tiefseetintenfischtentakel zwischen meine Oberschenkel schob. Ich dachte an den kleinen Wassermann und den Fuß auf meinem Schoß, vielleicht war ich auch schon betrunken, ich glotzte wie ein gelangweilter Zierfisch, der in seinem Aquarium immer auf die eine kleine Plastikschatzkiste starren muß, auf das Essen im tiefen Teller unter mir. Ich hätte gern eine Hand unter den Tisch fallen lassen, um Fes Fuß wie eine im Wasser stehende Forelle zu fangen. Ihr Vater fing an oder hatte längst angefangen, ein Referat über Goethes *Wahlverwandtschaften* zu halten, Vorträge, wie ich sie von älteren Tanten kannte. Mindestens die eine große, unerwartete Liebe muß dahinterstecken, wenn Familienväter mittleren Alters plötzlich die *Wahlverwandtschaften* lesen, dachte ich, die Assistentin, die Sekretärin oder die Affäre mit der Galeristin, der besten Freundin der eigenen Frau. Als ich keine Lust mehr hatte, in meinen tiefen Teller zu schauen, schweifte mein Blick wieder über die bunten Bilder an der Wand, vor denen Fes Vater bläßlich wirkte. Nur seine gestikulierenden Hände, die in der Luft Klavierspiel übten, waren gerötet. Seinen Ausführungen zum Verhältnis Eduards zu Ottilien konnte ich nur schwer folgen. Da lag der bestrumpfte Fuß seiner Tochter wie ein Polypenarm, dem bloß noch ein Saugnapf fehlte, auf der Stuhlkante zwischen meinen Beinen, bewegte die Serviette, die ihn bedeckte, und lenkte mich ab. Außerdem hatte ich von den *Wahlverwandtschaften* in der Zeit, als mein

Vater mit dem Buch herumlief, nicht mehr als die ersten paar Seiten gelesen, und an eine Verfilmung konnte ich mich nicht erinnern. Trotzdem versuchte ich mein klügstes Gesicht aufzusetzen, während die abgespreizten Finger seiner sehr beweglichen Hände simultan mehrere chinesische Schriftzeichen in die Luft schrieben, wieder zusammenkamen, sich ineinander verflochten, durchkämmten und erneut voneinander lösten. Über den mittleren Gelenken seiner Finger lagen vier bis fünf kleine Wülste, Wellen im Fingerfleisch, seine Nägel hatten die Farbe von gekochtem Schinken, und die Nagelbögen ragten wie ein gelblicher Viertelmondfettrand in sie hinein. Er faltete die Hände, ließ sie kentern und zog sie wieder auseinander. Was fester klebt, als Lifosan und Wasser waschen kann, löst sich nicht so leicht ab, dachte ich, wie wird man Chefarzt, welches Labor bekommt welche Probe, wieviel kostet eine Promotion, Herr Professor, kann ich Ihren Namen kaufen, Ihren Namen für eine Salbe, lange, schnelle Schritte über lange Flure, von Privatpatient zu Privatpatient, allen in die Augen schauen und bei Diagnosen lächeln. Ich beobachtete das Fingerkuppenspiel seiner Hände, Fingerkuppen, die nach Sterilium riechen, die tasten und drücken, durch die Haut und die Bindegewebsbraille hindurchsehen und dabei von Elfenbein träumen, dachte ich und sah Fes Vater glücklich in seiner Kulisse, ein Aquariumsgrund, vielleicht ging mir die Luft aus, das ist der Tiefenrausch der Taucherkrankheit, dachte ich, vielleicht fehlt mir nur frische Luft. Ab und an streifte mich der Blick ihrer Mutter, sie sagte immer weniger, sie schaute stumm,

49

sie schaute stumm auf dem ganzen Tisch herum, manchmal legte sie ihre Augen auch auf meinem Gesicht ab, als wolle sie mich auf irgend etwas hin durchleuchten, bevor sie aber etwas sagte, stand sie entweder auf und ging in die Küche oder sah wieder ihre Tochter an. Ich hätte ihr gerne ganz beiläufig und im selben Tonfall, in dem sie zuvor von Ausstellungen und Neuerscheinungen gesprochen hatte, ganz belanglos vom Fuß ihrer Tochter und meinem rechten Zeigefinger erzählt, der sich in diesem Augenblick auf dem Rücken des Messergriffs streckte, aber wie sie baute ich keine Dämme in den Redestrom ihres Mannes, ich sagte nichts von der Zugtoilette, der Museumsinsel, den Arkaden der Alten Nationalgalerie, nichts vom Botanischen Garten, vom Friedhof an der Chaussee-straße und von der Rückbank im Auto meiner Mutter, die ich mit ihren Flecken an den Unfallwagenhändler verkauft hatte. Fes Fuß bewegte sich zwischen meinen Beinen, über der Tischkante hielt ich meine Aufmerksamkeit nur mühsam aufrecht, ihr Vater redete immer weiter, und ich verstand, warum Fe irgendwann einmal gesagt hatte, wir gingen spazieren oder saßen im Café M, in ihrer Familie sei ihr Vater das verwöhnte Einzelkind. Nicht einmal ihre Mutter unterbrach ihn, um einen ihrer Standardsätze aus dem Mund oder von der Gabel fallen zu lassen, *Kind, warum sagst du denn nichts, erzähl uns doch was, erzähl doch was, nun iß doch, und mach nicht so ein Gesicht, zieh keine Brutsch, was hast du denn, fehlt dir was?* Wenn Fe ihre Mutter so reden hörte, sagte sie nichts, oder aber sie sagte, was ihre Mutter hören wollte, nicht anders als ich, sie spielt das Kind, das seine Mutter besucht, dachte ich, während ihr Vater unermüdlich Sprech- und Silbenblasen füllte. Hatte er irgendwo einen Punkt gesetzt, tröpfelte es nur Augenblicke ins Leere, bevor der Druck seiner Atemluft sich wieder so weit erhöht hatte, daß eine neue, dehnbare Blase sich füllen konnte. Ich wußte nicht, wohin all die Wörter stiegen oder fielen, falls die sperrigen Nebensatzkonstruktionen die Haut der Sprechblasen durchbohren würden, dachte ich und zog vorsichtig meine Messerspitze und die Zinken der Gabel zu mir zurück. Als ihr Vater plötzlich mit gehobener Stimme abbrach, dauerte es, bis ich bemerkte, daß er mir eine Frage gestellt hatte, deren letzte Worte ich, wie in einer mündlichen Prüfung, erst einmal wiederholte, ich wollte die Pause bis zu meiner Antwort nicht zu lang werden lassen, ich fühlte mich wie bei wer weiß was ertappt. Fes großer Zeh auf meiner Hose hielt still, und ich dachte, vielleicht hätte ich ihren Eltern besser von der Geheimkarte der Berliner Schlösser und Gärten, der Grün- und Bahnanlagen und Friedhöfe in meinem Kopf erzählt, auf der rote Punkte markierten, wo Fe und ich uns getroffen hatten. Ich dachte an den bewachsenen Schutthügel hinter dem Gropiusbau und schwieg, wie sollte ich unter Wasser auch sprechen, vielleicht war es mir schon nicht mehr wichtig, überhaupt etwas zu sagen, zu sagen zu haben, ich wartete weiter – da hatte ihre Mutter schon die Gelegenheit ergriffen und fing an uns mitzuteilen, was sie von Goethe wußte. Sie erfuhr also nichts von Fes Fußsohle, die sich auf meiner linken Oberschenkelinnenseite festgesaugt hatte, und nichts von dem großen Zeh, der mit der Stoffblende über dem Reißverschluß meiner Hose spielte. Fe lächelte, ich lächelte zurück. Kurz darauf fiel ihr Vater in eingespielter Weise ihrer Mutter ins Wort und erzählte von dem einen roten Faden, der in alles Tauwerk der englischen Marine eingeflochten gewesen sei, wie er aus den *Wahlverwandtschaften* wisse. Später versuchte ich doch noch einen kurzen Einwurf, es blieb ein verstümmelter Satz, der im Redestrom des Vaters wie ein Kiesel mit leicht saugendem Plumpsgeräusch, von der großen Strömung unbemerkt, versank. Fe und ich räumten den Tisch ab. Ihre Mutter stand schon in der Küche, ihr Oberkörper zeigte sich in der Durchreiche. *Da habe ich früher Kasperletheater gespielt,* sagte Fe und ergänzte leiser, *so wie heute.* Wir stellten die Teller in die Durchreiche und legten die Platzdeckchen zusammen, das Programm ging weiter, Servietten rollen und durch die Ringe ziehen. Mein Serviettenring war der für Gäste, ihm fehlte das Monogramm. Ihre Mutter spülte die Edelstahltöpfe und das Silber, das nicht in die Spülmaschine durfte, mit gelben Gummihandschuhen, die ihr bis weit über die Handgelenke hinaufreichten. Sie erinnerten mich an die Handschuhe meiner Mutter, die wie abgetrennte Hände noch jahrelang in dem Schrank unter der Spüle zum Trocknen lagen, Frau Ops wusch natürlich ohne Handschuhe ab. Einmal hatte ich sie herausgenommen und anprobiert, vorne an den Fingern blieben drei oder vier Zentimeter leerer Gummi, am Handrücken hingegen waren sie mir sehr eng und lagen an wie die Manschetten eines wasserdichten Taucheranzugs. Irgendwann hatte ich überlegt, einen der Handschuhe mit Gips auszugießen, erinnerte ich mich, als ich Fes Mutter in ihren Spülhandschuhen sah, und fragte mich, warum sie nicht in milchigen Einweglatexhandschuhen, die ihr Mann bei Untersuchungen tragen mußte, spüle. Ich ruderte Richtung Wohnzimmer, ließ mich in einen der Polstersessel sinken und schaute auf den Teil der Bilder, auf den ich bisher nicht hatte achten können. Hier hingen Landschaften für Blinde vor roten Hintergründen, gummiert, gespachtelt, gezogen, geklebt; Frühstücksbilder mit ihren Milchströmungen, Fruchtfliegen und deren Schatten, kleinen schwarzen Punkten, hier wurde die Geschichte jedes kleinen Körnchens erzählt, Unterwasserwelten, ein Spaziergang auf dem Meeresgrund. Und wie immer, wenn ich Bilder betrachtete, die nicht auf den ersten Blick verrieten, was sie zeigen wollten, dachte ich, daß auch ich gerne malen würde. Mir fielen die Versuche ein, die ich unternommen hatte, ganz, ganz viel wollte ich malen, all mein Innen malen, mein Hirn, mein Herz, meinen Magen, mit Erde, Blut in Tropfen und Strömen und Strichen – wenn aber ein weißes Blatt wie ein Pulverschneefeld vor mir lag, wußte ich nie, wo ich anfangen sollte. Jeder Strich schien eine Verletzung und Farbe Schmutz zu sein, dabei hätte ich so gern das große Blau, die Kleider des Himmels, gemalt, aber weil es das hohe und das tiefe Blau schon gab, ließ ich die Blätter weiß, und als ich lernte, weiß sei die wahre Farbe der Trauer, strengte ich mich nicht mehr weiter an, meine Bilder waren fertig, sowie ein Blatt vor mir lag, erinnerte ich mich, während ich den Wasserhahn in der Küche tropfen hörte; Fes Mutter warf die Spülmaschinentür zu. Ihr Vater setzte sich an den schwarzen Flügel, der im Flur zwischen Regenschirmständer und Garderobe stand, und blätterte in den wie in einem Schaufenster ausgelegten Noten. *Das wohltemperierte Klavier* hatte ich schon bemerkt, als meine Füße sich noch wie ferngesteuert auf der Fußmatte hin und her bewegten. Ihr Vater spielte so energisch wie meine Mutter, deren Klavierspiel ich früher aus dem Musikzimmer bis in den ersten Stock herauf gehört hatte, er spielte eilig und noch vor der Hälfte des Stückes dem Ende entgegen, als müsse er eine Übung hinter sich bringen; hämmernder Anschlag, der Handrücken steil, nicht waagerecht über den Tasten, *Fingersatz nach Kölner Rezept geübt*, hörte ich meine Klavierlehrerin sagen, meine Mutter hielt mir Trägheit, Tastenlangsamkeit vor. *Bist du wieder vor der Wiederholung eingeschlafen*, fragte sie und versuchte, Gründe für meine rhythmische Schwäche zu finden, die keine Klavierlehrerin mehr *rubato* nennen konnte. Vielleicht hatte ich diese Schwäche, weil ich nie mitzählte, weil ich mir einbildete, die Sicherheit der Bewegung, die Technik und das Wissen, wann und wie es weitergehe, fließe mir von außen zu. Leider lauschte und wartete ich meist vergeblich, die Intuition blieb aus, keine Stimme flüsterte mir zu, *drück jetzt diese Taste, jetzt*, die Phrase verlangsamte und verzerrte sich ins Unkenntliche, ich blieb stecken und vergaß, daß eigentlich noch ein Ton folgen sollte, irgendwann wußte ich nicht einmal mehr, ob ich einen bestimmten Ton schon angeschlagen hatte, das Ende der Obertonreihe kam unbemerkt. Ich blieb in meine eigene Begleitung versunken, bis meine Mutter mich mit ihrem *bist du schon wieder vor der Wiederholung eingeschlafen, du spielst Klavier, wie dein Vater Auto fährt,* weckte, sie sagte auch, *du leierst, hörst du nicht deine Gleichlaufschwankungen.* Selten kam ich in einem Stück über die erste Seite hinaus, die Mitte erreichte ich fast nie, mein Spiel zerfaserte in Kadenzen für eine Hand. Mein Vater schätzte mein Spiel als Sedativum, und las er zusätzlich Zeitung, schlief er sofort ein. Wachte er auf, behauptete er sogar, es habe ihm gefallen, woraufhin meine Mutter sagte, *du träumst.* Sonntags, das war der Tag, an dem mein Vater meinem Klavierspiel zuhören konnte, fragte er, welchen Kuchen er mir aus der Konditorei mitbringen solle, obwohl er genau wußte, daß ich ihn begleiten würde. Stand ich von der Klavierbank auf, verabschiedete ich mich von Beethovens Totenmaske, deren Abguß von der Wand über dem Klavier auf mich herabsah. Auf der Haut aus Gips waren auch all die kleinen Unebenheiten und Narben zu sehen, die auf Gemälden fehlen, dachte ich und hörte den Tönen hinterher, die Fes Vater auf die Tastatur hämmerte. Musik, hatte ich mir einmal von meinem Vater sagen lassen, Musik ist die Kunst des Übergangs, und ich fragte nicht, Papa, wo hast du das denn her. Hatte ich einen Ton angeschlagen, horchte ich ihm nach, bis die letzten Obertöne verhallt waren wie Wellen, die bis ans Ende des Weltalls ausrollen müssen, ich wollte keinen Augenblick für einen anderen verlieren. Mein Klavierspiel war nur ausgebreitete, ausgedehnte, überbelichtete Langsamkeit, die sich über die Angst vor der Pause, die Lücke, das Loch legen sollte, die Tastatur lag aufgeschlagen unter mir, ein Buch mit weißen und schwarzen Tasten, in dem sich jede Spanne auf geheimnisvolle Weise dehnte. Fes Vater übersprang alle Zwischenräume, für ihn schien es zwischen den Tönen keine Abgründe zu geben und zwischen den Tasten nicht einmal Fugen, er spielte sein Spiel präzise auf das Ende zu, setzte lineare letzte Takte, exerzierte, sein Tempo war verläßlich wie eine Spieluhr, es hörte sich an wie eine Platte, die immer weiß, was gleich kommen muß, ein automatisches Klavier, vor dem ein Sarottimohr sitzt und ausdrucksvoll mit den Augen kullert, dachte ich. Könnte ich nur genauer hinhören, müßte sich hinter jedem einzelnen Ton wie hinter jedem Moment, der sich scheinbar nahtlos an den anderen reiht, eine Geschichte hören lassen, dachte ich und überlegte, ohne zu wissen, warum, wie es wäre, wieder nach Hause zu fahren. Seit mein Vater mit meiner Tante in dem Haus wohnte, das mein Großvater längst mir überschrieben hatte, hatte ich sie nicht mehr besucht, ich stellte mir vor, wie es wäre, die Bäume mit Birnen und Äpfeln hinter dem Teich verwildert vorzufinden, ich hatte mir immer wieder neue Ausreden ausgedacht, irgendwann wollten sie keine mehr hören. Ab und zu, so viel wußte ich noch von dem Garten, knickt ein Ast eines alten Obstbaums ab und bleibt auf der Wiese liegen, und wenn nur ein schmales Stück Rinde am Stamm haftenbleibt, wächst er weiter. Als Fes Mutter aus der Küche kam, hörte ihr Vater auf, Klavier zu spielen, und setzte sich in einen Sessel der Polsterlandschaft. Ich fürchtete schon die Fortsetzung der Goethegeschichten, da griff er nach der Fernbedienung und schaltete den Fernseher ein. Kurz bevor sich ihre Mutter zu uns setzte, blinzelte Fe mir zu und schlug einen kleinen Spaziergang vor. Wir verließen das Haus, gingen um zwei, drei Ecken, überquerten die Rheinuferstraße und die Stadtbahnschienen, auf denen ich, wie ich wußte, bis nach Bonn und weiter bis nach Bad Godesberg hätte fahren können, und natürlich mußte ich, wir schauten auf das Wasser und die Wellen, an Bonn denken: Ich fing an, Fe von dem Sommer zu erzählen, in dem meine Mutter den Einfall hatte, mich in der Firma meines Onkels in das Geheimnis der Arbeit einweihen zu lassen. Ich war vierzehn oder fünfzehn Jahre alt und sollte in den Ferien sehen und verstehen, wie Geld verdient wird. An meinem ersten Arbeitstag führte mich mein Onkel, der Mann meiner Tante, mit der mein Vater schon damals sehr viel Zeit verbrachte, an eine der beiden Produktionsstraßen und erklärte mir, ich müsse nichts weiter tun, als die gewellten, glasfaserverstärkten Kunststoffplatten, die alle zweieinhalb Minuten aus der Maschine kamen, vom Rollenlauf nehmen und auf Paletten stapeln. Immer zehn Platten auf zehn andere versetzt, und alle fünfzig Platten drei Holzleisten als Abstandhalter dazwischen. Mein Onkel ließ mich schon fünf Minuten später in der riesigen, hohen Halle allein, außer mir war niemand zu sehen. Nach einer halben Stunde überfiel mich eine große Langeweile, sie lag nah an der Angst, den Rest meines Lebens an dieser Maschine verbringen zu müssen. Ich variierte den immer gleichen Handgriff und plazierte meine Füße mal so, mal so. Die Platten waren nur sperrig, nicht schwer, ich konnte sie am Rand oder wie ein Tablett von unten fassen. Irgendwann legte ich die Platte nur noch ab, zählte nicht mehr mit und dachte vielleicht: Ach so sieht die Wirklichkeit, ein Schulbuchleben, aus, und erinnerte mich an die lächelnden Arbeiter vor ihrem glühenden Hochofen auf den Photos im Erdkundebuch, was machen die, wenn sie nach Hause kommen, fragte ich mich, was macht man, wenn man nach Hause kommt, was mache ich, wenn ich noch siebenundvierzig Jahre an dieser Maschine stehe, Modimidofr, manchmal ein Feiertag dazwischen, ein Werktagleben, Samstag, Sonntag frei, dachte ich und ließ die nächste Wellplatte, die mir entgegenkam, in meine Hand gleiten, meine Hand steckte in einem Arbeitshandschuh, der mir viel zu groß war. Ich griff in die Wölbung, hob an und legte die Platte, die zur anderen Seite durchhing, auf ihrer Vorgängerin ab, sie paßten immer ohne Zwischenraum ineinander. Von der Zeit, den zweieinhalb Minuten, in denen ich vielleicht zugesehen hatte, wie sie wie eine falsche Süßigkeit gebacken und zugeschnitten wurden, war später nichts mehr zu sehen, die Platten würden en gros oder einzeln in Bau- und Gartenmärkten verkauft werden, um Windfänge vor Hauseingängen oder Kioskdächer abzugeben, um Bushäuschen, Trinkhallen, Gartenlauben abzudecken oder Balkonbrüstungen zu sichern. Die zwei, manchmal zweieinhalb Minuten erlaubten mir alle möglichen Abschweifungen, die nur von der Ankunft einer neuen Wellplatte auf dem Rollenlauf unterbrochen, gleichsam umgeblättert wurden, die Pause dazwischen blieb mir für die Abdrift in Gedankenspiele – für die Planung eines Einbruchs in eine Großkonditorei oder in die nicht weit entfernte Haribo-

fabrik – oder für kleine Ausflüge an der Maschine entlang. Um mir die Füße zu vertreten, rannte ich bis zu
der Stelle, an der die Glasfasermatten mit Harz über-
gossen wurden, das wie eine klebrige süße Soße aus
dem Extruder tropfte. Ich kehrte erst dann wieder um,
wenn ich wußte, daß die nächste Wellplatte schon wieder lag, von wo ich sie wegnehmen sollte. Eine gehär-
tete Kunststoffplatte hat etwas von gefrorenem Honig,
ein gefrorenes Frühstücksbild, dachte ich, und manchmal blieb am Rand auch ein Bläschen, eine Art einge-
frorene Mineralwasserblase, Vergangenheitsluft von
genau diesem Tag für viel später aufgehoben, dachte
ich, wie in einem Stück Bernstein. Ich freute mich über
jedes kleine Glasfaserbündel, das über den Schnittrand
einer Platte hinausstand, obwohl es eigentlich ganz in
Harz hätte eingegossen sein sollen, da ragt der Anfang
einer nicht ganz eingegossenen Geschichte heraus,
dachte ich und stellte mir vor, alles hänge an diesem
einen Faden, von dem aus das Ganze sich auftrennen
lasse, wie der Teppich an unserer Wohnzimmerwand,
an dessen Zettelfäden ich immer wieder zog, oder wie
die Alufolienverpackung einer Schmelzkäseecke, die
sich an ihrem kurzen roten Fadenende aufreißen läßt.
Ich wünschte mir, wahrscheinlich wünschte ich mir
solch einen Faden auch für mein eigenes Leben, einen
Faden, mit dem sich jede Laminierung, Familienver-
hältnisse, Fasermatten, Syntax und Wortverklebung
würde lösen lassen, sagte ich zu Fe, die nur zuhörte
und schwieg, ich schaute ins Wasser, das geflossen kam,
und sprach immer weiter von der Zeit an der Maschine,
die ich auswalzte und als Erfahrung verkaufte. Ich

erzählte ihr, daß einer der Arbeiter, der auf einem Klappfahrrad durch die Halle radelte, mir zuzwinkerte, und ein anderer, der mit dem Gabelstapler die von mir beladenen Paletten in die Verpackungshalle fuhr, mir am ersten Tag, er hatte mein langes Haar gesehen, etwas zurief, was durch das Gabelstaplergeräusch hindurch wie *dat hey is doch nix für Mädsche* klang. Ich winkte ihm nur mit zwei Fingern, die in dem Arbeitshandschuh steckten, und griff nach der nächsten Platte, die ich als vierte von fünfen auf den Stapel legte, wartete wieder und legte auch die übernächste Platte ab, immer im Takt und so weiter, ich spielte Luftanhalten, bis wieder eine Platte den Rollenlauf hinunterrutschte, dachte an wer weiß was und kam darauf, daß nicht die Arbeit, nicht die Bewegung, sondern die Zeit dazwischen mich so müde machte. Irgendwann stellte ich mir vor, die Firma würde abbrennen, wie im Krieg schon einmal, oder ich malte mir aus, eine geheimnisvolle chemische Reaktion setze Tausende Tonnen Harz frei, die sich in Strömen durch die Straßen und in alle Häuser wälzten und die ganze Stadt und deren Bewohner mit einem dünnen Film wie eine zuerst noch weiche und klare Kuchenglasur überziehen würden, unter dem die Menschen sich noch eine Zeitlang bewegen könnten, dann aber erstarrten, weil das Harz auf ihrer Haut trocknete und sie erkaltet festhalten würde, bis das Rheintal vom Venusberg bis zum Siebengebirge hinüber sich in eine riesige, lackierte, zum Stillstand gebrachte Modellbahnanlage verwandelt hätte, in der die eine oder andere Figur, während ihr der Mund schon verschlossen wäre, die Augen noch bewegen

könnte, dachte ich, bis mir wieder eine Platte vom Rollenlauf entgegenkam, die ich auf dem Stapel ablegen
mußte. In der nächsten Plattenpause wünschte ich mir,
mein Onkel würde Kuchen statt Kunststoff backen, ich
müßte Rohlinge mit Konfitüre bestreichen und Back-
bleche statt Wellplatten stapeln oder Kirschen und
Zwetschgen entsteinen, bis die Haut meiner Fingerkuppen sich wellen würde. Und meine Tante müßte
vorne im Laden stehen und verkaufen und zu allen
Menschen freundlich sein, statt selbst nur immer
irgendwo einkaufen zu gehen und mit den Einkäufen
im Kofferraum bei uns zu Hause aufzutauchen, sams-
tags nachmittags und sonntags würde ich eine weiße
Schürze tragen und nicht vor, sondern hinter der
Kuchentheke stehen und Schnittschablonen auflegen,
ich würde mit einem Messer in der Hand in die Tiefen
der Kühlvitrinen tauchen, ganze Torten herausheben,
wie große süße runde Augen anschneiden und die Tortenstücke mit einem Trennpapier in einen aufgeklapp-
ten Kuchenkarton oder auf ein Papptablett stellen. Und
mein Vater müßte sonntags keinen Kuchen mehr kaufen, dachte ich, während ich eine neue Wellplatte ent-
gegennahm, der Mann auf dem Klappfahrrad radelte
wieder vorbei und schaute auf meine Turnschuhe, die
viel zu teuer waren, um hier versaut zu werden, diesmal zwinkerte er nicht. *Sie sollen die Zeit von einem zum*
*anderen Ende der Halle, die Zeit, die wir bezahlen, nicht*
*vertrödeln*, sagte mein Onkel, deshalb hatte er die
Betriebsfahrräder angeschafft, *wir müssen alle schnell*
*und fleißig wie die Bienchen sein, nirgendwo festkleben und*
*immer in Bewegung bleiben*, predigte er, als er mich mit-

tags an der Maschine besuchte, und verfiel in eine tänzelnde Bewegung, *Bienchen tanzen auch bei der Arbeit*, sagte er und fragte einen der Arbeiter nach dessen Frau und den Kindern. Ich rechnete derweil im stillen, wieviel ich die Firma kostete: elf Mark die Stunde, macht in sechs Minuten eine Mark zehn, Lohnnebenkosten extra, Arbeitsplatzkosten, die Halle, der Strom, die Maschine, der Vertrieb, die Werbung, die Firmenwagen, die Autos meines Onkels. Und ich fing an, mir Sorgen zu machen, ob meine Arbeit überhaupt meinen Lohn abwarf. Mein Onkel sprach vom guten Betriebsklima und von Produktivität, er sagte in ziemlich rheinischem Tonfall, *über den Erfolg eines Unternehmens entscheidet die Produktivität*, ein Satz, den er in einem Buch meiner Mutter gelesen haben konnte, und schmetterte einem Arbeiter, der während meiner Mittagspause an meiner Stelle die Platten stapeln sollte, ein lautes *Mahlzeit* entgegen. Er erzählte viel und gern, weil er *gern und viel verzählte*, wie er selbst es formulierte, diesmal aber fragte er mich, *und, haste dat Geheimnis der Arbeit gerochen?* Ich weiß nicht mehr, was ich ihm antwortete, jedenfalls gingen wir noch einmal in das Gebäude an der Straße, in dem die Büros lagen, wir gingen durch das Foyer und über die geschwungene Steintreppe mit den schmalen Stäben, die wie Gitterstäbe an den Stufenrändern steckten, hinauf, weil mein Onkel noch etwas erledigen wollte; vielleicht sagte ich, *riecht nach Plastik, die Arbeit*, und er korrigierte mich, *Kunststoff, mein Kind, Kunststoff: Polyester- und Epoxidharz, Kunstharz und Härter auf Glasfasermatten und Faserstreu*, konnte seinen Kunststoffmonolog jedoch nicht zu Ende führen, weil er ans Telephon gerufen wurde. Ich stieg die paar Stufen wieder hinunter und wartete in der Halle, ich setzte mich in einen der Ledersessel, wartete, sah aus dem Fenster und spielte mit den Drehaschenbechern, die im Moment der Öffnung einen Geruch von kalter Asche von sich gaben, den ich nicht besonders mochte, mir gefiel nur das Geräusch. Das große rückwärtige Fenster ging auf einen kleinen Hof mit einem Brunnen, der umlaufende Fassadensockel und der Weg zum Brunnen waren schwarz gekachelt, nur hier und dort leuchteten rote und blaßgelbe Fliesenpunkte. In der Brunnenschale stand grünes Algenwasser, die schon länger nicht mehr gestutzten Eiben trugen rote Beeren. Alles war noch so, wie mein Großvater es nach dem Krieg wiederaufgebaut hatte. Ich drückte jetzt zwei Drehaschenbecher gleichzeitig, einen links von mir auf dem Beistelltisch, einen rechts auf einem Ständer, das scheppernde Drehgeräusch gefiel mir immer besser. Ich schaute dann auf die Warenproben, die an der Wand hingen oder, als wären es wertvolle Stücke, in Vitrinen lagen: Kunststoffe in allen Stärken, Leistenabschnitte, schmale Streifen und verschiedenfarbige Aufschnitte. Kleine Schilder machten Angaben zu Stärke, Belastbarkeit, Transparenz, ein anderes, größeres Schild informierte: *Nur ein kleiner Ausschnitt aus unserem Sortiment.* In einem zweiten Glaskasten hing ein vergilbtes Plakat des Verbandes der Kunststoffverarbeitenden Industrie, und wie immer, wenn ich das darauf abgebildete wellplattengedeckte Bushäuschen sah, fing ich an mich zu ärgern. Ich wußte, daß jede Platte, die ich vom Rollenlauf nahm, die Welt ein Stück häßlicher machen würde, weshalb es mir besser gefallen hätte, wir, und nicht die Fabrik in der Nachbarschaft, hätten Haribo-Konfekt hergestellt. Ich wurde ungeduldig und hatte das Gefühl, alle Aschepartikel aus den Drehaschenbechern als Flugasche in den Raum geschleudert zu haben. Ich ging meinem Onkel entgegen und sah in seinem Büro gerade noch, wie er den Tresor verschloß, der hinter seinem Schreibtisch, an dem schon mein Großvater gesessen hatte, in die Wand eingelassen war. *Bin schon fertig,* sagte er und zog seine Jacke an. Ich hing meiner Kindervorstellung nach, diese Tresortür sei der Eingang zu einem unermeßlichen Geldspeicher, in dem das Rheingold der Rheintochter-Werke und das Herstellungsgeheimnis des Rheintochter-Kunststoffes, den mein Großvater erfunden hatte, aufbewahrt würden. Wir fuhren schließlich gar nicht zu meiner Tante, wie ich vermutet hatte, sondern gingen zu einem Italiener im Industriegebiet essen. Mein Onkel fiel in seine geharzte Erklärstimme, *Polyester sind Polymere mit immer wiederkehrender Estergruppe,* seine Augen begannen zu leuchten, als handele es sich nicht um Chemie, sondern um ein streng geheimes, nur Eingeweihten bekanntes, alchimistisches Rezept, *Polymerisation ist eine Verkrustung,* hörte ich, dachte an Schorf und glaubte meinen Onkel aus einer Wunde am Hals bluten zu sehen, einer Wunde, die mir ein großer, aufgebrochener Knutschfleck zu sein schien. Vielleicht ist ihm die Haut über der Halsschlagader durchgekaut worden, dachte ich und wollte ihn schon fragen, warum er nichts unternehme, tut es denn gar nicht weh, willst du dir dieses Loch nicht zunähen lassen, da fragte er mich, was los sei, und ich begriff, daß ihm überhaupt nichts fehlte, ihm tropfte gar kein Blut auf den Hemdkragen, und ich sagte, *nichts*. Das Essen kam, und mein Onkel lachte über irgendeinen Witz, den er selbst gemacht hatte, und beantwortete eine Frage, die er sich selbst gestellt hatte. Ich schaute nur noch ab und zu verstohlen auf die Stelle am Hals, die sich, ohne eine Narbe zu hinterlassen, wieder geschlossen zu haben schien. Mein Onkel sagte, *für Festigkeit sorgen die Fasern, die losen Glasfaserfäden liegen auf Gewebematten, für Wellplatten werden Fasern unterschiedlicher Schnittlänge eingestreut*, und ich erwiderte nicht, *das habe ich doch schon hundertmal gehört*, sondern dachte, vielleicht hätte meine Mutter, wäre sie weniger ehrgeizig gewesen, wie mein Onkel werden können. *Frische Glasfaser hat eine hundertmal höhere Zugfestigkeit als Glas*, sagte er, und ich wußte nicht wirklich, was er damit meinte, Kunststoff war eine seiner Gesprächsroutinen, die er immer wieder durchlaufen mußte, er liebte die doppelte Erklärung und sein eigenes Echo. *Mein Vater, dein Großvater*, sagte er dann und begann mit der bekannten Anekdote des versteckten Kompasses, den mein Großvater die ganze russische Gefangenschaft über in seiner Unterhose versteckt gehalten habe, um den Weg nach Hause zu finden, von Politik habe er nie wieder etwas wissen wollen, er habe sich nur noch um den Wiederaufbau der Firma, die ausgebrannte Möbelfabrik, und die Erfindung der Rheintochter-Wellplatte gekümmert. *Kunststoff ist leicht und ließ sich auf LKWs durch ganz Europa transportieren*, schwärmte mein Onkel, und tatsächlich kannte mein Großvater ganz

Europa aus dem Krieg und hatte nicht vergessen, wo er seinen Anteil daran geleistet hatte, Städte in Schutt und Asche zu legen. Überall dort konnte er am Wiederaufbau verdienen, *er kannte die Straßen, über die er Lastwagen mit Rheintochter-Holz- und Kunststoffen schicken mußte*, sagte mein Onkel, *oder weiß ich das von meinem Vater*, sagte ich zu Fe, wir saßen am Wasser, das nicht zu fließen aufgehört hatte, *ich weiß es nicht mehr*. Jedenfalls zitierte mein Onkel gern den Satz vom Unternehmer als Schöpfer und Zerstörer, er zitierte auf seine Art und Weise und viel zu gemütlich, ich wußte damals noch nicht, daß es nicht sein eigener Satz war, was wußte ich von Schumpeter oder von Hayek, die Bücher meiner Mutter hatte ich nicht gelesen. Mein Onkel liquidierte die Schulmöbelproduktion, als die geburtenstarken Jahrgänge die Grundschulen verlassen hatten, *die neuen Schulen sind alle gebaut*, sagte er, *neue Schulen wird es erst nach dem nächsten Krieg wieder geben*. Die letzten, in der Trockenkammer vorgetrockneten Stuhlbeine blieben bei uns zu Hause neben dem Kamin im Wohnzimmer liegen, ich habe sie nach und nach verfeuert. Während der zwei oder drei Wochen, in denen ich in der Firma arbeitete, brachte mein Onkel mich nachmittags, spätnachmittags nach Hause, ich stieg in seinen Wagen, der stets unter der golden leuchtenden Wellenlinie des Fassadenschriftzugs parkte. Über die Neonschreibschrift wunderte ich mich immer wieder, weil ich nicht verstand, warum über dem kleinen *u* in *Kunststoff* ein mit künstlicher Flüchtigkeit leicht nach oben gezogener Strich schwebte, einen Strich über dem *u* hatte mir niemand beigebracht. Mein Onkel fuhr viel schneller als mein Vater und kannte viele Verkehrspolizisten persönlich, *a sporting driver* nannte meine Mutter ihn. Er setzte mich zu Hause ab, kam aber nur selten, auch wenn das Auto meiner Tante in der Einfahrt stand, mit hinein, lieber ging er Tennis spielen. Oder golfen. Oder segeln, während mein Vater und meine Tante auf der Terrasse saßen und Campari tranken. *Sie tranken eigentlich immer Campari*, sagte ich zu Fe, aber mehr wollte ich ihr davon nicht erzählen, ich hörte das Wasser gluckern. Ich behielt für mich, daß meine Tante schon länger, meist am späten Nachmittag, ihre Einkäufe hatte sie noch im Kofferraum, zu uns kam und mit meinem Vater, der an diesen Tagen auffällig früh das Ministerium verließ, auf der Terrasse saß, beide mit hohen Gläsern in den Händen, Eiswürfel und Campari darin, manchmal mit, manchmal ohne Orangensaft, was ich aus dem Wohnzimmer, zur besten Vorabendserienzeit, immer gut beobachten konnte, erinnerte ich mich, ohne Fe, die gleich fragen würde, *was ist denn*, irgendein Wort davon zu sagen. Meine Tante und mein Vater redeten und redeten, sie saßen über Eck und rückten einander allmählich näher, ich hatte keine Ahnung, worüber sie schon seit mehreren Vorabendstaffeln, seit meine Mutter ausgezogen war, redeten, stets vermittelten sie ein wenig den Eindruck, nicht gestört werden zu wollen. In der Werbepause oder während ich wartete, daß eine neue Sendung anfing, studierte ich die Programmzeitschrift, die für jeden Tag nur drei Spalten hatte, auf der Suche nach Sendungen, die ich auf keinen Fall verpassen wollte. Die allerwichtigsten hatte ich mir schon Tage zuvor angestrichen. Fand ich nichts und war die Werbung nur wieder die, die ich mitsingen konnte und auswendig wußte, tauschte ich die Fernbedienung des Fernsehers gegen die, mit der sich die Pumpe des Springbrunnens im Goldfischteich durch die geschlossene Terrassentür hindurch steuern ließ. Ich nahm sie in die linke Hand und schob den Schieberegler von Anschlag zu Anschlag hin und her. Die Wassersäule spritzte zwei Meter hoch, fiel wieder in sich zusammen und richtete sich erneut auf, gedämpft hörte ich das Wasser auf die Teichoberfläche prasseln. Meine Tante drehte sich um und winkte, mein Vater lachte. Ich winkte zurück, sendete ihnen noch einige Wassersignale, griff wieder nach der Fernbedienung, mit der ich die Fernsehprogramme kontrollierte, und schaltete um. Fe und ich erhoben uns wie auf Knopfdruck fast gleichzeitig von dem Mäuerchen neben dem Uferweg, und ohne einen Blick von der Strömung zu nehmen, sagte Fe, *wäre es warm und wäre das Wasser sauber, könnten wir schwimmen*, ich sagte, *meine Mutter hat im Rhein schwimmen gelernt*, und fügte hinzu, daß, wer stromaufwärts, gegen den Flußlauf schwimme, höchstens auf der Stelle bleibe, *und treibt dann doch bloß ab*, fiel Fe mir ins Wort, *Wasserleichen werden in die Niederlande gespült*, sagte sie, dann gingen wir nach Hause. Dort setzten wir uns ins leere Wohnzimmer, Fe drehte an der Dimmerbatterie neben dem Türrahmen, mit der sechs verschiedene Lampen sich einzeln regulieren ließen, die Kugelleuchten zielten auf die Bilder. Der Fernseher, Fe behielt die Fernbedienung in der Hand und schaltete einmal durch alle Programme, schläferte mich ein. Ihr Vater saß oben in seinem Arbeitszimmer, in dem auch sein Bett stand, ihre Mutter hatte sich schlafen gelegt. Ich löffelte einen Teller Cornflakes und dachte, man müßte im Magen eine kleine Sonde haben, die Übertragungen aus dem dortigen Durcheinander sendet, diese Übertragungen dürften weniger langweilig als Fernsehen sein. Als ich den Teller zurück in die Küche stellte, sah ich einen Zettel mit der Nachricht, Anatol habe angerufen, aber anstatt Fe etwas zu sagen, zog ich sie die Treppe hinauf, ganz nach oben in ihr altes Zimmer, ich faßte ihr in die Hose unter dem Rock, den sie selbst genäht hatte, sie öffnete meinen Gürtel und den Reißverschluß, meine Hose fiel wie abgezogene Haut auf den Boden, meine Hand wanderte die dünne Haut auf der Innenseite ihrer Oberschenkel hinauf, über unserem Fleisch auf den Knochen und den Sehnen liegt nur noch Haut, und von weiter unten wachsen Haare hindurch, ich habe immer gern von ihr gegessen, dachte ich und kaute auf dem Fleisch aller Übergänge. Ungeschminkt hatten Fes Lippen eine Regenwurmfarbe, Lippen sind eine halbfeuchte Schleimhaut, sagt Frau Doktor Zimmermann, Fe sagte, *ich muß dich untersuchen, ich bin Frau Doktor Zimmermann, hier ist meine Praxis*, und mich störte nicht, daß wir bestimmt schon viel jünger als dreizehn geworden waren, wir spielten Doktorspiele, ihre Stimme kam von Bändern im Innern ihres Halses, sie machte ihre Kinderstimmen nach, wir probten Zungenberührungen und ließen den schwachen elektrischen Strom von einem Mund zum anderen fließen. Wovor man sich als Kind nicht alles ekelt, dachte ich und mußte an riesige Rinderzungen in

Metzgereivitrinen denken, große Verwandte derer, die man später liebt, im eigenen Mund spazierengehen läßt und über die Spezialhaut der Brustwarzen schickt, die sich wie kleine Tiere, die von Berührung leben, immer wieder melden. Bevor Fe ins andere Zimmer wechselte, ich war wohl schon eingeschlafen, muß sie meine Hose über den Stuhl gehängt haben, dachte ich und bemerkte erst in diesem Augenblick, als ich, wie zur Kontrolle, nach meiner Hose sah, die mir an meinen Beinen bis auf den flauschigen Duschvorleger hinuntergerutscht war, daß ich im Badezimmer unter dem Dach auf der Toilette saß. Ich wußte immer noch nicht, welchen Nachtisch wir gegessen hatten, vielleicht endete das Abendessen mit Tiramisu, vielleicht gab es Eis, vielleicht frische Ananas mit gebratenem schwarzem Pfeffer oder irgendeinen anderen Nachtisch, an den ich mich nicht erinnern kann. Die dunklen Reste des Abendessens waren unter mir längst ausgekühlt. Ich schaute auf die Innenseite meiner Oberschenkel, betrachtete die gespannte Haut über meinen Kniescheiben und die beiden Wadenstümpfe, die aus dem Hosenstoff heraufragten, vor dem Schienbein liegt nur Haut, vor der Haut hängt die Hose, dachte ich, die Hose, die meine Mutter mir in London gekauft hatte und wie eine gürtelbeschwerte Fußfessel um meine Knöchel lag. Ich sah, daß ich sie auf den Stühlen, auf denen ich tagsüber hin und her rutschte, über meinem Hintern dünn und glänzend gerieben hatte, dann dachte ich daran, endlich aufzustehen, wußte aber, daß ich auf meinen eingeschlafenen Beinen nicht sofort würde stehen können. Ich stützte meinen Kopf in die Hand und den Ellenbogen auf das Knie und schaute nicht wirklich durchs Fenster, sondern nur bis auf die Außenseite der Scheibe, auf der Wassertropfen wie Tränen klebten. Unter mir lag ein Mittelgebirge, ein kleines rheinisches Schiefergebirge. Ausgiebige Halbdurchfälle liefern das meiste Material für Landschaftsmalerei, dachte ich und stellte das Fenster, ohne aufzustehen, auf Kippe. Frische Regenluft wehte herein. Vielleicht hörte ich Schiffsdieseltuckern vom Fluß herauf. Nicht viel später muß das Telephon zum erstenmal geläutet haben, nach vier oder fünf Klingelzeichen wurde unten abgehoben. Ich richtete mich auf und kam bis ans Ende der zwei- bis dreilagigen Klopapierrolle, nur das letzte Blatt blieb weiß. Ich zog Unterhose und Hose hoch und wußte schon, ich würde mich nicht mehr lange auf meinen seekranken, noch immer schlafenden Beinen halten können, sie knickten, als ich die Spültaste drückte, wie unter Wasser abgebissen ein. Zum Waschbecken mußte ich kriechen. Das Telephon auf dem Flur vor dem Badezimmer läutete noch einmal, diesmal mit verändertem, schnellerem Klingelzeichen, und ich hörte Fes Mutter rufen, da sei ein Anruf für mich. Ich kroch auf allen vieren bis vor die Badezimmertür, streckte mich nach dem Hörer des Wandapparats, das Spiralkabel reichte bis zu mir auf den Holzboden hinunter. Aus dem Hörer kam die Stimme meines Vaters, er fragte, wie es mir gehe, ob ich noch betäubt sei von meinem Unfall, und verschob das verabredete Mittagessen um eine Stunde. Ich kroch zurück ins Bad und begann die Beine wieder zu spüren, ich wusch mir die Hände und putzte mir zum zweitenmal an diesem Tag

die Zähne, spülte die Zahnpastareste aus dem Waschbecken und prüfte die Kloschüssel, wobei mir das Groß-
vaterwort *Kontrollblick* durch den Kopf ging. Mit Fes
kleiner Bürste fuhr ich mir durchs Haar und schaute
mir dabei im Spiegel zu. Als ich die Treppe hinunter-
kam, sah ich Fes Mutter mit einer energischen Bewegung ein Glas und die abgespülte Orangenpresse von
der Küchenarbeitsfläche wischen, die Orangensaft-
presse machte nur Krach, das Glas ging kaputt. Sie lief,
wütend oder weinend, durch die Scherben erst auf
mich zu, dann die Treppe hinauf. Mein zweiter oder
dritter Schritt zurück fiel schon mit dem Knall ihrer
Schlafzimmertür zusammen. Fe stand im Wohnzimmer und trat gegen die harte Frontblende eines Polster-
sessels, das Sesselschienbein, das mit dem gleichen
Stoff bezogen war wie die weiche Sitzauflage.

goldfische

In dem Restaurant, in dem mein Vater sich mit uns beiden traf, setzte er sich neben Fe auf eine Bank. Ich saß auf der anderen Seite des Tisches und sah die unverputzte Wand in ihrem Rücken. Wir warteten schon auf das Essen, als mein Vater sich auf einmal dafür interessierte, wo Fe in Berlin wohne, *in Friedrichshain, im Osten,* sagte sie und fing an, ihm die Berliner Topographie zu erklären, *wenn man von Kreuzberg über die Oberbaumbrücke fahren könnte, läge es ganz nah.* Sie malte mit dem Nagel ihres rechten Zeigefingers eine Karte auf das Tischtuch, zeichnete den Westen und den Osten ein, wo die Spree fließt und wie die Grenze verlief, sie zeigte auf einen Fleck und sagte, *hier steht die Oberbaumbrücke, die im Krieg gesprengt wurde,* und erzählte von dem Fußgängerübergang, der zu Mauerzeiten Passierstelle für Westberliner war. *Neuerdings, seitdem die Brücke renoviert wird, gibt es ein Stück flußabwärts einen Steg,* warf ich ein, ihre Nägel, mit denen sie über die Tischdecke fuhr und Linien zeichnete, ragten über das Fleisch der Fingerkuppen hinaus. Ich wußte, daß sie diese drei oder vier Millimeter mit einem Stift von unten weiß bemalte, sie hatten die gleiche Farbe wie das Leinentuch, das sich wie eine weiche Haut auf der Tischplatte verschieben ließ. Fe hielt ihren Zeigefinger durchgestreckt und spreizte den Daumen ab, ich erkannte Finger, Hände und Fingernägel ihres Vaters wieder. Vor meinem Teller standen gefüllte Gläser, ein Weißwein- und ein Wasserglas, auf dessen Rand sich das Licht der Deckenlampe spiegelte, ich sah eine Zitronenscheibe im Wasser schwimmen und beobachtete die Kohlensäurebläschen, die wie kleine weiße Pickel auf den Poren der Zitronenhaut perlten. Manche blieben haften, andere stiegen auf und zerplatzten kurz unter der Wasseroberfläche. Wenn eine Luftblase mit dem Blut ins Herz getragen wird, muß man sterben, dachte ich und wußte, daß mein Vater jetzt, wo das Thema einmal berührt worden war, Zonengeschichten erzählen würde, wieviel der Osten schon gekostet habe, uns koste und noch kosten werde und von seinen Treffen mit Mittag und den Bossen der Planwirtschaft hinter Stacheldraht am Müggelsee, wo die Wahrheit abhörsicher besprochen und Gesprächsnotizen jeden Abend wie Wertsachen in einen Tresor geschlossen wurden. Nach dem Essen würde mein Vater mir Geld zustecken, glatte, knisternde Scheine, Noten, die er druckfrisch zu beziehen schien. Geld, fiel mir ein, gab mein Vater mir auch am Vorabend unserer Klassenfahrt in die DDR, ich war in der zehnten oder elften Klasse, und es hieß, *du mußt es nur irgendwie über die Grenze bringen, dann kannst du dir drüben alles kaufen.* Er gab mir ein Bündel abgegriffene Ostmarkscheine, Papa sagte, *Papiergeld* und *bring ein paar Platten mit,* obwohl er eigentlich nie Platten hörte. Ich überlegte, wie ich das Geld in die DDR hineinschmuggeln sollte, und kam auf die Idee, die Scheine einzeln zusammenzurollen und durch die Strohhalmöffnung einer leeren Fanta-Still-Zitrone-

Packung zu schieben, die ich am Abend vor der Abreise zu diesem Zweck leerte. Nachdem ich Schein für Schein versenkt hatte, verschluckte das Loch auch den Rest des Silberhäutchens über der Ausstanzung im Karton. Ich steckte den Strohhalm mit seiner ange-schrägten Spitze zurück, wie ein Fahrwasserbegren-zungspfahl in der Strömung ragte er aus dem Loch, ließ sich biegen und schnellte, kaum losgelassen, wie eine Fahnenstange ohne Fahne wieder in die Senk-rechte. Als der Bus, in dem wir durch unbekannte Land-schaft bewegt wurden, gegen Mittag des nächsten Tages in das Zonenrandgebiet kam und es nur noch wenige Kilometer bis zur Grenze, bis zur innerdeutschen Grenze waren, wie die Tagesschaustimme immer sagte, nahm ich die geldgefüllte Saftpackung aus meinem Rucksack und ließ sie wie aus Versehen auf den Boden fallen, schob sie mit der Fußspitze unter den Vordersitz und drückte sie mit dem Rist gegen die Wandverklei-dung. Ich wollte nicht, daß sie bei einem Bremsmanö-ver des Busses zu weit nach vorne rutschte, am Ende würde jemand meine kleine Schatzkiste übereifrig in einen der Mülleimer im Mittelgang werfen. An der Grenze mußten wir selbstverständlich anhalten, drei Uniformträger stiegen zu. Sie sagten nicht viel, und das wenige, was sie von sich gaben, sagten sie nicht einmal in einer fremden, unverständlich zischenden Sprache, es war nur ein helleres, in hohen Lagen leicht gequetscht und doch auch süßer klingendes Deutsch, das zwi-schen ihren Pergamentgesichtern hin und her flog. Ich wunderte mich nicht wenig, daß es das alles, die Grenz-anlagen vor dem Fenster und die Gesichter, wirklich

gab, vielleicht, weil ich die Grenze und das andere, kleinere, böse Deutschland der drei Großbuchstaben, das
immer alle Medaillen gewann, für eine Erfindung der
Bundeszentrale für politische Bildung und ihrer Heft-
chen gehalten hatte, die wir zur Vorbereitung dieser
Reise stapelweise hatten lesen müssen. Vor der Grenze
wurden wir angewiesen, ernst zu bleiben, *ihr dürft nicht
lachen*, sagte unser Lehrer, *und macht um Himmels wil-
len keine Witze, wenn die Grenzer in den Bus steigen.* Die
Grenzbeamten zählten durch die Bänke und verglichen
die Namen auf ihren Listen mit den Angaben in unseren Reisepässen, auf ihren Gesichtern lag die jahre-
lange Sorge, streng genug auszusehen, im Permafrost.
Unter einer Nase haftete ein kleines Stück verschorftes
Blut. Eine Hand, die aus einem der sechs graugrünen
Ärmel herausragte, blätterte durch meinen alten grünen Reisepaß, und noch wußte natürlich niemand, daß
ein Photo des dazugehörigen Gesichts ein paar Jahre
später selbst in einem Paß der Europäischen Gemein-
schaft kleben würde. Keine Maschinenpistolen, nur
Nachtsichtaugen richteten sich auf mich, hornbrillen-
besetzte Bohrkopfblicke wanderten über die Gesichts-
haut übergewichtiger Clearasilkinder auf Exkursion. In
dem Reisepaß, der mir zurückgegeben wurde, stand
unter besondere Merkmale *Keine.* Durch das Fenster
des Busses sah ich drei deutsche Schäferhunde an einer
Leine und Spiegelkarren, die unter Autoböden tauch-
ten, Selbstschußanlagen sah ich nicht. Der Himmel
über den Feldern hinter der innerdeutschen Grenze
war hoch und blau wie ein Himmel im Westen, nur die
Felder darunter waren viel, viel größer. *Warum sind die*

*Felder hier so groß*, mußte unser Erdkundelehrer sogleich fragen, ich bückte mich vor einer Antwort nach meiner Saftpackung und steckte sie zurück in meinen Rucksack. Unser Gepäck war nicht kontrolliert worden, ich hätte das Papiergeld ruhig im Portemonnaie lassen können. Totenträger und Totengräber tragen Zitronen in den Taschen, wußte ich von Frau Ops, eine Fahrt nach Frankreich ist viel einfacher, hätte ich denken können, Belgien ist da, wo über den Autobahnen Laternen leuchten, in Frankreich haben die Autos gelbe Augen. Als ich Platten für meinen Vater kaufte, war ich aufgeregt, als brächte ich Falschgeld in Umlauf. Ich dachte, der Zitronenduft, der an den Geldscheinen klebte, müsse mich verraten, ich bildete mir ein, hinter meinem Rücken werde durch geheime Winke die Staatssicherheit verständigt, die mich wegen Devisenvergehen einsperren würde. Nachdem zum dritten- oder viertenmal ein großer Schein angenommen worden war, beruhigte ich mich und zahlte weiter fünfundsechzig Pfennig für Bier, trank Kaffee mit Satz in jeder Tasse und aß Eisbecher, auf denen die geschlagene Sahne zerlief. Überall bemühte ich mich, das Teuerste zu essen, zu trinken, zu kaufen, aber das Geld wurde kaum weniger, mir blieb viel zuviel übrig. Außer den Schallplatten brachte ich Bücher mit, die ich später nie gelesen habe, fiel mir ein, und ich versuchte, mich an einige der Titel mit braunen Einbänden, die mit Packpapier eingeschlagen wurden, zu erinnern, da kamen die Vorspeisen, und wir fingen an zu essen. Mein Vater ließ sich nicht daran hindern, seine Geschichten auszuspinnen, er kaute und käute wieder, was er immer erzählte und wieder erzählte, er sprach vom Ende der DDR, von der Vernichtung einer Volkswirtschaft und war bald bei dem Tag im November, an dem er mich mittags aus dem Ministerium angerufen hatte, um mir zu sagen, *schalt den Fernseher ein.* Ich fragte, wieso, und hörte als Antwort, *du wirst schon sehen.* Er erzählte Fe, wie wir beide, kurz nachdem die Unterschriften unter den Einigungsvertrag gesetzt waren, beinahe noch einmal die DDR betreten hätten, ich erinnerte mich an die breitbeinige Rede des Bankdirektors, der an der Grenze behauptet hatte, *mein linker Fuß steht hinter dem Eisernen Vorhang, mein rechter im freien Westen.* Ich weiß nicht mehr, warum wir ihn in seinem Grenzstädtchen besuchten, die Grenzschutzplaketten auf den Betonpfählen waren alle schon gestohlen, die Schilder *Halt, hier Zonengrenze* abgesägt. Der Achsstand des BMWs, in dem der Bankdirektor uns entlang des langen Zauns spazierenfuhr, war zu breit für den Weg gleich hinter dem Minenfeld, zwei Räder rollten immer neben der Fahrspur. Der Wagen zog eine Staubfahne hinter sich her, *wie das Auto meines Vaters nach dem Krieg,* sagte mein Vater, ich sah sein Gesicht im rechten Außenspiegel, ich mußte hinten sitzen. *Früher war hinter meinem Grundstück die Welt zu Ende, das wird sich nun ändern, jetzt wird alles angeschlossen,* sagte der Bankdirektor, während er uns durch sein Haus am Hang führte, er redete ununterbrochen und stellte sich schließlich auf der umlaufenden Terrasse vor die Aussicht ins Tal. Seine Frau haben wir nicht getroffen, *sie wird ihn verlassen haben,* sagte mein Vater. Später fuhren wir an einer Brücke vorbei, die nach ein paar Metern, noch vor der

Flußmitte, aufhörte, weiter hinten im Wasser stand nur ein Pfeiler, der nichts mehr trug, in welche Richtung das Wasser sich bewegte, konnte ich nicht erkennen. Mein Vater kaute, was es zwischen den Wörtern zu kauen gab, er schluckte und schob sich immer wieder von seiner Gänseleberpastete auf die Gabel. Natürlich erzählte er die Geschichte ganz anders, in seiner Version wäre auch ich nicht auf die Idee gekommen, daß er mit dem Bankdirektor, den er Provinzfürst nannte, irgend etwas gemeinsam haben könnte. Fe und ich tauschten Blicke: Heute war mein Vater an der Reihe. Sie hörte zu. Ich nicht. Statt dessen suchte ich in seinem Gesicht eine Spur des verlassenen Ehemanns, den er sonst unter seiner Ironie verbarg, und ich versuchte mich zu erinnern, wann ich zum erstenmal bemerkt hatte, daß nicht nur meine Mutter meinen Vater, sondern auch mein Vater meine Mutter verlassen hatte, und während ich mich mit meinem Vorspeisenteller beschäftigte, fielen mir die Abende mit meinem Bruder wieder ein, damals, als ich sechzehn, siebzehn, achtzehn war und wir – als der Ältere hatte er schon den Führerschein – durch linksrheinische Gebiete fuhren. Die Erkenntnis, daß auch mein Vater nicht immer so harmlos war, wie er zu sein vorgab, verdankte ich einem seltsamen Zufall auf dem Weg zu einer Party. Mein Bruder und ich hielten mit dem Golf an einer dieser abschüssigen Stellen am Rhein, ganz in der Nähe einiger Ruderclubstege. Auf einem Schild stand, es sei verboten, dort sein Auto zu waschen, und natürlich, *Eltern haften für ihre Kinder*, war es auch verboten, die Schiffsanleger zu betreten, die mit Stahlseilen am Ufer festgemacht waren. Wir legten uns auf einen Ponton des Ruderclubs und hörten dem Gurgeln der Strömung eine Handbreit über dem Wasser zu. Mein Bruder zog eine schön gebaute Tüte aus seiner Tasche, immer hatte er alles dabei, und ich dachte vielleicht schon damals: Es müßte ein wenig kitschig wirken, uns durch eine Kamera zu betrachten, zwei Figuren am fließenden Wasser im Abendsonnenschein, hoch über dem anderen Ufer der Petersberg, die Drachenburg, der Drachenfels und die sieben Berge des Siebengebirges, *das alles ist doch immer nur ein Märchen*, sagte mein Bruder, ohne daß ich wußte, was genau er meinte, eine Modelleisenbahnlandschaft, dachte ich, ein bißchen zu schön das alles. *Spieglein, Spieglein an der Wand*, sagte er und beugte sich mit dem Kopf über das Wasser, in dem er nichts sah, weil der Fluß viel zu schnell strömte, der Rhein gurgelte, gluckerte, gluckste, als wolle er irgendeine Geschichte, eine lange Elternerzählung erzählen, geriet aber durcheinander, als ein Tanker flußabwärts gefahren kam, die Wellen machten die üblichen Geräusche und klatschten ans Ufer, der Schwimmsteg hob und senkte sich, wir konnten uns einbilden, auf dem Deck eines großen Schiffes zu liegen, und wie fast immer in beinahe romantischen Momenten mußte ich plötzlich dringend aufs Klo. Mein Mund war von dem Zeug, das wir rauchten, schon völlig trocken, er schmeckte nach Nüssen, und mein Gaumen bog sich dick geschwollen in meine Zunge hinein, die mir wie eine Rinderzunge vorkam, ein riesiges, fleischfarbenes Stück Weichheit, ein fremder Fisch in meinem Mund. Als wären meine Augen wie tief fliegende Schwalben erst über Wasser und dann, immer höher aufsteigend, zu den Schieferbergen hinaufgeflogen, konnte ich uns von ganz weit oben beobachten, ich schaute auf uns und meine leeren Augenhöhlen herab. Ich verließ den Schwimmsteg, der sich mit den Wellen hob und senkte, ging ein Stück am Schmuddelstrand entlang und betrat dann eine Buhne, die wie ein langer Finger in die Fahrrinne hineinzeigte. Mein Bruder, zwischen uns lagen nur ein paar Meter, rief mir zu, *gleich liegste drin, und weißte das Neuste, im Rhein da ersäufste.* Ich warf ein paar Steinchen in seine Richtung, die vor ihm ins Wasser plumpsten, und wandte mich zur anderen Seite, ich öffnete meine Hose und pinkelte in den Rhein, bis eine Schubschiffwelle, die ich nicht beachtet hatte, höher als alle anderen spritzte und mir Schuhe und Hose naß machte. Mein Bruder fing an zu lachen, er konnte gar nicht aufhören zu lachen, drehte sich prustend auf dem Ruderponton, der sich mit ihm hob und senkte, und sagte immer wieder, *weißte das Neuste, im Rhein da ersäufste.* Meine Mundwinkel verzogen sich zu einem Grinsen, das sich wie von fremder Hand geformt, ich konnte mich nicht dagegen wehren, auf mein Gesicht legte, und ich begriff, daß ich breit war, als mich auf dem Weg zum Auto, in dem ich ein Handtuch vermutete, eine wellenförmige Leichtigkeit überkam, eine Schwerelosigkeit, als wäre die Gravitation für Augenblicke ausgeschaltet, ich hebe ab, dachte ich, ich fliege, ich habe Flügel, ich verliere den Boden und bin breit, ganz, ganz breit, so breit und so lang wie ein Schubschiff, ein tuckerndes Schubschiff, das alle vier Meter seine Bugschnauze auf die eigene Bugwelle legt, und ich hörte es irgendwo weit unter mir, zu meinen Füßen, die in den nassen Schuhen auf dem Boden geblieben waren, schmatzen. Blinde Seelebewesen, Quallen steckten darin, Tiere, die sich unendlich langsam, mit der Trägheit einer Meeresschildkröte, tropfend den Strand hinaufarbeiteten. Ich vergaß meinen Bruder, der von dem schaukelnden Ponton aus in den Himmel starrte, ich vergaß, wer ich war, bis ich plötzlich, ich stand schon fast an unserem Auto, den RO 80 meines Vaters durchs Bild fahren sah, den er sonst nur sonntags bewegte. Vielleicht denke ich mir auch nur aus, daß mein Vater in seinem Wagen sitzt, dachte ich, als ich ihn ein Stück weiter parken sah, es kann nicht wahr sein, dachte ich noch am nächsten Morgen, es kann nicht wahr sein, daß mein Vater ausstieg und neben ihm das Auto meiner Tante hielt, der Mutter meines Bruders, der, so vollgekifft wie ich, zwanzig Meter entfernt lachend auf einem Ruderponton lag. Mir fiel die Stimme meiner Tante ein, die ab und zu, wenn sie einen Cosmopolitan- oder Brigitte-Artikel gelesen hatte, rhetorisch fragte, *ihr*, und sie betonte das Wort ganz besonders, *ihr nehmt doch hoffentlich keine Drogen*, worauf wir sagten, *nein, wie kommst du denn darauf.* Diese meine immer besorgte Tante, die manchmal auch fragte, *warum ist dir denn immer schlecht* und *warum bist du so dünn*, sah ich aus ihrem roten Auto steigen, die Farbe paßte zu ihrem Lippenstift, und ich dachte, es kann nicht wahr sein, es kann nur eine Täuschung, eine Einbildung sein, vielleicht sehe ich nicht mehr richtig, vielleicht verschiebt die Perspektive die Verhältnisse, vielleicht denke ich mir das nur aus, und ich sah meinem Vater und meiner Tante fünf Minuten beim Küssen zu. Ich erinnerte mich und griff nach dem Wasserglas, nippte, und die Zitronenscheibe berührte meine Lippen. Fe stieß unter dem Tisch mit ihrem Fuß gegen einen der blauen Flecke auf meinem Schienbein, mein Vater sprach noch immer, Fe hörte zu oder sah nur so aus. Und ich erinnerte mich weiter, erinnerte mich, daß ich am Tag darauf mit meinem Vater gefrühstückt hatte und er kein Wort über meine geröteten, mit geplatzten Äderchen durchzogenen Augen verlor, er fragte auch nicht, wann und wie ich nach Hause gekommen war, sondern saß schweigend vor seiner Kaffeetasse und einem krümeligen Teller, es war einer dieser Feiertage mitten in der Woche. Er blätterte durch die Zeitungen vom Vortag und sah einen Pressespiegel durch, mir tropfte Wasser aus dem eben gewaschenen Haar, das ich mit der Serviette abwischte, und ich fragte ihn, um ihm einmal zuvorzukommen, *was hast du denn gestern abend unternommen.* Er schob mit dem Zeigefinger zwei, drei größere Krümel auf seinem Teller zusammen, verteilte sie wieder, nahm schließlich ein Stück Brötchenkruste, das an seiner Zeigefingerkuppe klebenblieb, auf, hielt es sich unter die Augen, als verdiene es, näher untersucht zu werden, und verirrte sich in eine Geschichte, die nicht wahr sein konnte, auch wenn ich mir nicht mehr so sicher war, was ich auf meinem Breitwandbild mit Rheinlandschaft alles gesehen hatte. Vielleicht habe ich phantasiert, Halluzinationen gehabt, dachte ich, während mein Vater erzählte, er sei in Köln gewesen, um diesen und jenen Freund, Kollegen oder Bekannten zu treffen.

Er lügt mich an, war mein erster Gedanke, er erzählt eine erfundene Geschichte, er lügt mich einfach an, dachte ich und schnitt eines der aufgebackenen Brötchen auf, butterte eine Hälfte und ließ halbflüssige Marmelade vom Löffel auf die Weichteile tropfen. Mein Vater sah abwechselnd auf den Krustensplitter, der auf seiner Zeigefingerspitze klebte, und auf die Comtoise, die alte Wanduhr, deren gehämmertes, blattvergoldetes Prunkpendel sich wie eine Sarazenerklinge zwischen der Anrichte und dem Eßzimmertisch hin- und herbewegte. Er achtete nicht auf das schaukelnde Pendel, er wollte auch nicht wissen, wie spät es war, sondern wartete darauf, daß der große Zeiger die Inbusöffnung im weißemaillierten Zifferblatt freigab und er die kleine Kurbel aufstecken konnte, um die Uhr aufzuziehen. Die schwarzen Gußgewichte, die an roten Kordeln hingen, berührten fast den Boden. Noch bevor der Zeiger weiterrückte, die Uhr einmal schlug und mein Vater die Kurbel aufstecken konnte, klingelte das Telephon, Mama ruft an, dachte ich, mein Vater sagte, *ist sicher für dich,* und ging doch selbst an den Apparat: Er hob ab und sprach, ich hörte es an der Klangfarbe seiner Stimme, in die sich ein schärferer Ton eingeschlichen hatte, ein paar Takte mit *deiner Mutter,* wie er sie gerne nannte, um sie ganz weit weg zu schieben. In diesem Augenblick ging mir auf, daß die Telephonate, die er sonst führte – ich hatte ihn manchmal, was mich bis dahin nicht einmal verwundert hatte, im Anzug quer über dem Wohnzimmerteppich liegen sehen, das Telephonkabel wie ein Minenstolperdraht durch den ganzen Flur gespannt –, vermutlich Telephonate mit meiner Tante gewesen waren. Ich versuchte mich an andere Indizien zu erinnern, mit denen die beiden sich schon viel früher hätten verraten können: ihre Campari-Treffen; daß meine Tante immer gerade dann vorbeischaute, wenn ich ging, oder aber aufbrach, wenn ich kam; die Familienausflüge und Wandertage. Waren meine Tante und mein Vater nicht immer auffällig langsamer als alle anderen gegangen und zurückgeblieben, während mein Onkel mit meiner Mutter, meinem Bruder und mir vorausmarschierte? Und hatte mein Vater nicht, seit ich denken konnte, etwas gegen meinen Onkel, meinen einzigen Lieblingsonkel? Ich wartete darauf, daß mein Vater mir den Telephonhörer gab, durch den meine Mutter, seine Exfrau, seine große Liebe oder so, mit mir sprechen wollte, ich war nicht besonders ungeduldig. Ich trug meinen Teller in die Küche, stellte die Marmelade in den Kühlschrank und dachte an die Geschichte von dem Kollegen, dem mein Vater eine Matratze, die plötzlich aus dem Gästezimmer verschwunden war, geliehen haben wollte, dazu einen Radiorecorder, mit dem ich sonst in der Küche Musik gehört hatte, es fehlte auch eine Lampe aus dem Arbeitszimmer meiner Mutter. Und ich hatte gedacht, wie nett, wie hilfsbereit ist mein Vater, hilft einem armen Kollegen, den ich mir als dürren jungen Mann mit Ärmelschonern über einem abgetragenen, schlecht sitzenden Anzug vorgestellt hatte, und mir war nicht aufgefallen, daß es dort, wo mein Vater arbeitete, so jemanden gar nicht gab. Der Kollege war eine seiner Ausreden, aber wahrscheinlich wußte ich das noch nicht, als mein Vater aus dem Eßzimmer rief und mir mit dem Telephon entgegenkam. Er drückte mir den Hörer in die Hand und machte das lange Gesicht, das ich zog, übertrieben nach. Die Wanduhr, die er aufziehen wollte, schlug, der Zeiger rückte vor, und mein Vater begann die Gewichte mit der kleinen Kurbel, die auf dem Gehäuse gelegen hatte, nach oben zu winden. Es quietschte. Ich hörte meiner Mutter am anderen Ende der Leitung zu und sah meinen Vater, er zog die Terrassentür hinter sich ins Schloß, hinaus in den Garten gehen. Er verschwand im Zwinger, kam mit dem Zinkeimer zurück und näherte sich den Hundehaufen, die eingetrocknet oder regenzerlaufen auf der Wiese lagen. In der rechten Hand hielt er eine kleine blaue Gardena-Schaufel, mit der er die Hundehaufen wie weiche Sandkastenkuchen in den Eimer beförderte. Er bewegte sich, als singe er eine Opernpartie, die ich nicht kannte und nicht hören konnte, leise mit. Ich spielte Springseil mit dem schwarzen Telephonkabel, das sich durch das ganze Eßzimmer und den Flur dahinter spannte, ich sagte, *ja, Mama* und *ja, Mama, ja, ja, sicher, nein, auf keinen Fall,* ich übte nondirektive Gesprächsführung, hörte meine Mutter mutterautomatisch sprechen und stellte fest, daß ihrer Stimme, sie rief aus dem Büro an, jede Feiertagsfärbung fehlte; was sie sagte, lief wie Wasser aus einem aufgedrehten Duschkopf, eine eigene Unter- oder Oberstimme aus jeder Hörmuschelbohrung, aus jeder Öffnung ein Erzählstrang, ich hörte und hörte nicht zu, ich spielte mit der langen dünnen, völlig verdrehten Nabelschnur, die vom Telephon zur Wandbuchse im Flur führte, bis meine Mutter fragte, sie fragte das immer wieder, *und, hat er seine Uhr schon auf-*

*gezogen?* Die Anspielung verstand ich nicht, ich sagte, *ja* und *er ist jetzt im Garten.* Meine Mutter wollte ihn noch einmal sprechen, ich ging mit dem Telephon in der Hand zur Glastür, klopfte und winkte mit dem Hörer. Mein Vater stellte den Eimer ab und ließ das blaue Schäufelchen mit dem goldfischfarbenen Griff auf der Wiese liegen. Ich legte Messer und Gabel ab und schaute auf Fe und meinen Vater, die sich, Jahre später, noch immer über den Osten unterhielten, mein Vater, dachte ich, spricht gern mit meinen Freundinnen, er zeigt dabei oft Spuren von Verliebtheit, eine Überaufmerksamkeit, eine leicht aufgedrehte, angespornte Geistesgegenwärtigkeit, die sich jetzt, vielleicht war auch das nur ein Automatismus, an Fe ausprobieren muß, dachte ich. Und ich versuchte ihn wie jemanden anzusehen, den ich das erstemal traf, ihn ohne all die aufgetragenen Schichten, Verkleidungen, Erinnerungspolster zu betrachten. Ich könnte, um die Initiative zu übernehmen, auch einen Angriff starten, fiel mir dann ein, ich könnte, um meine Zuhörerrolle zu verlassen, meinen Vater, nach ich weiß nicht wie vielen Jahren, nach dieser Wohnung in Königswinter oder Remagen am Rhein fragen, von der mein Bruder mir irgendwann später wie nebenbei erzählt hatte, dieser Wohnung, in der meine Tante und er sich getroffen hatten und in die, wie ich annahm, die Gästezimmermatratze, der Radiorecorder aus der Küche und die Schreibtischlampe meiner Mutter gebracht worden waren. Aber ich fragte nichts, ich ließ meinen Vater weitererzählen, von dialektischen Organisationsformen, von den Kosten der Vereinigung, ich hielt still, hielt die Luft an und kratzte ein wenig auf der Tischdecke, wie ich früher, wenn ich im Auto allein auf der Rückbank saß, auf dem Polsterbezug gekratzt hatte. Ich nahm einen Schluck aus dem Weinglas und dachte an die Brücke von Remagen, die gegen Ende des Krieges, von den Amerikanern schon erobert, wegen Überlastung einge- stürzt war. In irgendeiner Situation Verlegenheit zu zei- gen war keine Sache meines Vaters, er war viel zu ver- siert im öffentlichen Auftreten, und meine Versuche, ihn zu betrachten, als wäre ich ihm, wie Fe, noch nie zuvor begegnet, schlugen fehl. Mein Blick glitt an sei- ner erinnerungsglasierten Hülle ab, ich konnte meinen Vater durch die vielen aufgetragenen Schichten hin- durch nicht sehen, er kaute und schluckte, und Schim- mer seiner Traurigkeit, die er sich mir gegenüber nie zu zeigen gestattet hatte, lagen wie Jahresringe unter seinen Augen. Dann verformte sich sein Gesicht, als blättere er durch eine seiner Akten, auf der außen, unter dem Aktenzeichen, *eilt sehr, vertraulich* oder *geheim* geschrieben stand. Manchmal hatte er sie, ange- lesen oder schon durchgearbeitet, zu Hause liegenlas- sen, schlief er abends im Wohnzimmer ein, konnte ich eine der Mappen aufschlagen und lesen, Staatsgeheim- nisse stellte ich mir jedoch spannender vor. Auf der Stirn meines Vaters sah ich Falten in Großaufnahme wie Spurrillen auf Asphalt, auf seinem Gesicht lagerten Sedimente eines vor langer Zeit verlandeten Sees, die wie Schichten eines angeschnittenen Baumkuchens in die Gegenwart ragten. Als ich jünger war und er seinen RO 80 sonntags wie einen Hund hin und wieder bewe- gen wollte, begleitete ich ihn in die Konditorei. Ich öffnete ihm das Tor zur Straße, und die sieben Lüftungs-schlitze des RO 80 rollten aus der Garage auf mich zu, der eine runde Außenspiegel rechts stand wie ein ver-chromtes Ohr vom Blechkleid ab. Wenn ich das Tor wieder geschlossen hatte, kletterte ich auf die Rück-bank, der beneidete Hund durfte sich in den Fußraum vor dem Beifahrersitz legen. Von der Rückbank hatte ich, es gab keine Kopfstützen, fast freie Sicht nach vorne, links sah ich auf den Hinterkopf und Hals mei-nes Vaters, sein Gesicht zeigte sich im Rückspiegel, oft schaute er auf die Rundinstrumente in seinem Holzar-maturenbrett. Seine Fahrgeschwindigkeit hielt selten mit seiner Sprech- und Erzählgeschwindigkeit Schritt – ein Berufsdefekt, gab er zu, Besprechungen, Strategie-gespräche, er mußte zuhören, Einzelgespräche mit Mitarbeitern führen, motivieren, organisieren, telepho-nieren, tagelang telephonieren –, die Fahrt bis zum Konditor reichte nicht immer aus, um eine Woche zu Ende zu erzählen. Meine Mutter, als sie ihm noch zuhörte, sagte, *laß die Kollateralen, come to the point*, mein Vater sagte, *kurz und gut* oder ähnliche Markie-rungsformeln, und faßte noch einmal zusammen, was ohnehin schon lang und breit erzählt worden war. Das Auto, das mein Vater fuhr und so sehr hütete, muß meine Großmutter sich kurz vor ihrem Tod gekauft haben, überliefert ist, daß sie sagte, *ich will ja nicht sterben und ein altes Auto hinterlassen*, die vollsyn-chrone Dreigangautomatik, die Servolenkung und der Zweischeiben-Kreiskolbenmotor mit den rotierenden Dreieckkolben, deren Funktionsweisen mein Vater so gern erklärte, blieben in der Familie. Manchmal wollte

ich, weil mein Vater oft von ihr sprach, die Gesichts-
züge meiner Großmutter in dem Auto erkennen, dann
sah ich Scheinwerferaugen, eine Stoßstangenlippe,
Scheibenwischerwimpern und eine Windschutzschei-
benstirn, einige Lüftungslamellenfalten und ein steif-
gebügeltes Blechkleid mit seitlichem Konturknick.
*Meine Mutter*, sagte mein Vater und meinte meine
Großmutter, habe, als sie noch keine Automatik gefahren sei, die Gänge beim Schalten immer weiblich
benannt, habe vor einer Kurve gesagt, *nimm die zweite,
geh in die dritte, nimm die vierte*, und sie habe das Lenkrad ihres Autos grundsätzlich nur mit Handschuhen
angefaßt, *aus Sicherheitsgründen*, sei ihre Begründung
gewesen. Von ihren Handschuhen waren nur das
Handschuhfach und der Name dafür geblieben. Sprit
habe es damals, als alle Autofahrer auf dem Lande sich
noch grüßten, lange nur in der Apotheke gegeben,
sagte mein Vater, dann zogen bald endlose Staubfah-
nen durch seine Erzählung, die der Jeep seines Onkels
in den trockenen Nachkriegssommern auf den unge-
teerten Wegen aufgewirbelt hatte, er berichtete von
Kübelwagen und Volkswagen, dem Kriegsschrott, der
über Jahre hinweg in den Wäldern lag, und von Solda-
tenspielen in Felsenburgen. Eine einzige Frage berührte
damals, ich war ein Kind, eine Taste und löste eine
Automatik aus, ein Tonarm senkte sich, und mein Vater
fing wie ein Märchenplattenerzähler zu sprechen an,
*die erste vollverzinkte, selbsttragende Karosserie und ihr
Kreiskolbenmotor, um wieviel eleganter ist die Rotation, die
Pirouette, das Kreisen, die Drehung des Dreieckkolbens, als
das Dampfmaschinenstampfen, das primitive Auf und Ab*

*des Hubkolbens,* er konnte sich kurz unterbrechen, eine Bemerkung über die Stadtlandschaft, einen Neubau oder die eben gesprossenen Blätter an den Bäumen einflechten und, wenn er einen Vergleich für das Stampfen des Hubkolbens suchte, das Sauerkrauttreten der Knechte im Keller vor dem Krieg erwähnen, *im Kreiskolbenmotor dreht sich der Dreieckkolben um die eigene Achse und um eine Exzenterwelle im Trochoidgehäuse,* hörte ich meinen Vater sagen, dabei wärmte er für Fe gerade seine Ostgeschichten auf, wir saßen zu dritt am Tisch im Restaurant, und nur Fe hörte zu. *Der Dreieckkolben dreht sich im Trochoidgehäuse, das Gehäuse dreht sich um den festgesetzten Kolben,* sagte mein Vater irgendwo in meiner Erinnerung, und ich wußte noch, Wankels Erfindung war die kopernikanische Wende des Kreiskolbenmotorenbaus. *Im Kreiskolbenmotor fehlen die störenden, schwingenden Bauteile des stampfenden Hubkolbenmotors, der Kreiskolbenmotor zeichnet sich aus durch hohe Leistungsdichte bei geringem Gewicht, durch Laufruhe, günstigen Drehkraftverlauf und eine drehzahlfeste Schlitzung ohne empfindlichen Ventiltrieb. Die Ansprüche an die Kraftstoffqualität bleiben bescheiden, die Klopfneigung ist gering, das Motoröl wird nicht verschmutzt, schmierungskritische Totlagen gibt es keine. Doch leider verschleißen die Scheitelleisten an den Kolbenecken, die Kolbenecken sind die neuralgischen Punkte der Konstruktion. Und auf der Trochoidwand, aus Nikasil gesintert, bilden sich Rattermarken,* leierte ich die sich ewig drehende Dreiecksgeschichte der Bewegungsverhältnisse leise mit, ich nickte, obwohl ich nie verstanden habe, wie das mit den Dreiecken funktionierte. Die Standardfrage meines Onkels, dessen Autos nie nach Hund oder Kuchen, sondern nur nach neuen Polstern rochen, lautete, *braucht dein Wagen wieder einen neuen Motor,* und mein Vater antwortete, *was sind schon sechs Zylinder gegen ein Trochoidgehäuse, das um eine Exzenterwelle kreist,* erinnerte ich mich nun und begriff, während ich auf das Hauptgericht wartete, daß mein Vater all diese Autogeschichten in mir aufgehoben hatte, seine monologisierende Stimme brachte das, was ich herauf und herunter und vor mir hersagen konnte, zu mir zurück. Vielleicht, kam mir jetzt in den Sinn, hatte er es gar nicht so gemeint, vielleicht habe ich bloß nie verstanden, was mein Vater sagen wollte, wenn er Autogeschichten oder Ausführungen über die Kunst des Marmeladenkochens auf mein Trommelfell schrieb, vielleicht meinte er ganz andere Dinge, die er nicht sagen konnte und doch gern mitgeteilt hätte. Manches wiederholte er mit leicht verschobener Betonung, als ließen Dinge, die sonst ungesagt blieben, sich so wenigstens berühren. Mein Gehör aber war wohl nicht fein genug, um alle Anspielungen und Anklänge in Ober- und Unterstimmen herauszuhören und zu entwirren, in mir zog und fädelte sich nichts an einem Faden auf. Nur wenn hier und da ein paar Töne fehlten, fiel es mir auf, ich hörte die Stimme wie Musik, die nicht weiß, wovon sie spricht. Auch wenn ich die Antwort schon kannte, fragte ich ihn früher im Auto nach einem Detail, dessen Erläuterung wieder einige Drehmomente dauern würde, ich lauschte und schaute dabei auf das kleine Dreieck, nur wenig größer als eine Nußecke, das die Scheibenwischerwimpern ausgespart hatten. Auf den alten Märchenplatten kannte ich jedes Wort und wußte stets, was folgen würde, die Stimme meines Vaters aber war noch besser, sie konnte ich, wenn ich wollte, unterbrechen, etwa *Papa, was heißt Klopfneigung* fragen, ich mußte den Tonarm nicht heben und in der Rille vor- oder zurücksetzen, um eine Stelle noch einmal zu hören, und nach und nach hat sich das alles, ganz langsam, auf mich überspielt. Auch der Hund, der im Fußraum vor dem Beifahrersitz lag, hörte, was mein Vater sagte, die helleren Hundehaare vor seinen kupierten Ohren zitterten, wahrscheinlich kannte er die unendliche Melodie viel besser, weil er noch viel weniger als ich darauf achtete, ob mein Vater vom Untergang des Römischen Reiches, von Kreiskolbenmotoren oder Marmeladenrezepten mit oder ohne Wasserzugabe sprach. Eine Berührung Fes unter dem Tisch holte mich zurück in die Gegenwart, der Kellner brachte mir den Fisch, den ich bestellt hatte, Fe aß Pasta, mein Vater hatte sich für Innereien entschieden. Manchmal mochte er merkwürdige Dinge, er kochte sich Kutteln nach der Art von Caen oder suchte auf Speisekarten nach Nieren, die, wie er ganz im Vertrauen sagte, immer ein klein wenig, nur den Hauch einer Spur oder noch weniger, nach Pisse schmecken müßten. Ich versuchte ihn anzusehen, als wäre es das erstemal, versuchte ihn ohne Erinnerungsverkleidung anzusehen, irgend etwas aber liegt immer dazwischen, der Stoff, die Haut, das Fleisch, er sprach vom Untergang der DDR, dem Ende der Planwirtschaft. Die Zitronenscheibe trieb in dem Mineralwasserglas wie ein Floß im Strudel, mein Vater erzählte von dem Tag im November, an dem die Geschichte mit dem Bankdirektor anfing, die er nun schon seit einigen Jahren wiederkäute, er hatte mich aus dem Ministerium angerufen und gesagt, was mir durchaus ungewöhnlich vorkam, *schalt den Fernseher ein*. Ich schaltete den Fernseher ein und sah, was ich dann immer wieder gesehen und wieder gehört habe, die Pressekonferenz, die Sache mit dem zugeschobenen Zettel, der dann verschwand, und die Menschen, die sich vor und hinter und auf der Mauer plötzlich in den Armen lagen. Mein Vater rief mich an diesem Nachmittag noch einmal an und sagte, *nimm das doch bitte auf, damit wir es uns später zusammen ansehen können*, aber als er mit meiner Tante nach Hause kam, waren beide schon nicht mehr nüchtern. Er öffnete, ich wußte immer noch nicht, wieso, eine weitere Flasche Sekt, sie sagten mir erst, nachdem wir angestoßen hatten, daß meine Tante, die meinen Onkel verlassen hatte – ihre blonden Haare verloren ihre Farbe nur langsam, und lange Zeit hatte ich mich nicht einmal darüber gewundert, daß sie uns bei jeder Gelegenheit besuchte –, an diesem Tag geschieden worden war. Sie heirateten ein halbes oder ein dreiviertel Jahr später, und mein Cousin, den ich mir immer als meinen Bruder gedacht hatte, wurde tatsächlich mein Bruder. Für die Hochzeitsfeier charterte mein Vater einen kleinen Dampfer, das Schiff legte in Godesberg ab und fuhr den Rhein hinauf. Mein Onkel brachte seine neue Freundin mit, die meisten meiner alten Tanten fehlten, weil sie inzwischen gestorben waren. Es war ein sonniger Tag, wir fuhren am Drachenfels, am Fuß der sieben Berge, an Burg Rheineck, Ruine Hammerstein und

Schloß Namedy vorbei, bis wir den Kühlturm des Atom-kraftwerks Mülheim-Kärlich sahen. Ich wünschte mir, das Schiff möge auf irgendeinen unbekannten Rhein-felsen auflaufen und sinken. Ich trank, ich betrank mich, bis ich mich, ein Stück hinter dem Deutschen Eck, über die Reling beugen mußte und ins Wasser kotzte. Macht nichts, dachte ich damals, ich füttere die Fische. Ich preßte das Zitronenviertel, das ich zwischen meinen Fingern hielt, ich ließ Saft auf das weiße Fleisch herabtropfen und sah dem toten Fisch auf meinem Tel-ler ins ausgetrocknete Auge, auf ein Lebenszeichen wartete ich vergeblich, und ich fragte mich nicht, wo er geschwommen haben mochte. Ich bin, bin nicht der Fisch auf meinem Teller, dachte ich, ich bin der Fisch, der zusieht, wie er gegessen wird, ich sehe, wie mir die Haut vom Fleisch gezogen wird. Ich sah auf den Fisch auf meinem Teller, der Fisch glotzte zurück, und aus der Zitrone in meiner Hand tropfte Saft auf sein wei-ßes Fleisch. Ich schob die Erinnerungsbeilage auf meine Gabel und wußte, früher oder später würde mein Vater mich nach seiner Berliner Cousine, meiner Tante Maly, fragen, und ich würde antworten, ich hätte sie länger nicht gesehen. Hin und wieder rief sie mich an und lud mich zum Essen ein oder hatte eine Thea-terkarte für mich übrig. Es kam vor, daß ich mit ihr beim Essen oder im Theater saß und schon daran dachte, was ich meinem Vater davon würde erzählen können, vielleicht, dachte ich dann, bin ich nur an sei-ner Stelle hier, bin ich sein Stellvertreter und Berichter-statter. Kurz nachdem ich von Bonn nach Berlin gezo-gen war, wohnte ich eine Zeitlang bei ihr und verbrachte, obwohl ich eine Wohnung suchen sollte, viel Zeit in ihrem Wohnzimmer. Ich fing an, ihre Bücher zu lesen, und fütterte nachmittags ihre Katze, die am liebsten rohes Rindfleisch fraß, ich erzählte von unserem Hund, und meine Tante sagte, *Hunde sind für die, die herrschen wollen, Katzen lassen sich gar nichts sagen.* In der Küche hingen geschnitzte Spekulatiusformen zwischen den Doppelfenstern, manchmal stand ein Kuchen im Ofen, der bis über die Form hinaus aufging. Im Regal des alten Einbauschranks zählte ich chinesische Teedosen, daneben stand die Kochbuchreihe. Wenn meine Tante kochte, schaute ich ihr vom runden Küchentisch aus zu, manchmal zog ich eines der gedrechselten End-stücke aus der Lehne des Küchenstuhls neben mir und ließ es auf der Tischplatte kreiseln. *Was macht dein Vater,* fragte seine Cousine dann, und ich sagte, *er fragt immerzu nach dir.* Vor dem Wohnzimmersofa, auf dem ich die meiste Zeit lag, stand ein großer weißer Fernse-her, über dem Glastisch wölbte sich eine Halbmond-lampe. Andere Möbel waren Einzelstücke, darunter dünn gepolsterte Sessel, auf denen Sitzen eine Aufgabe war. Vom Sekretär beobachteten mich die gerahmten Gesichter ihrer Kinder, der Zwillinge, die in Italien stu-dierten und nicht mehr oft nach Hause kamen. Ähn-lichkeiten zweiten Grades konnte ich auf den Photos keine finden: langes Kastanienhaar, schmale Lippen, starke Backenknochen, ich zählte mit Abzählreimen aus, in welchen Zwilling ich mich verlieben sollte, und dachte, während ich vom Sofa aus in den Garten schaute, vielleicht sei es an der Zeit, mich in irgend jemanden zu verlieben, den ich nicht jeden Tag im

Spiegel sah. Und wie immer gefiel es mir, an all das zu denken, was ich, wenn alles gutging, noch vor mir haben würde. Ich wartete darauf, daß mein neues Leben anfing, und während ich wartete, blätterte ich durch die Photoalben, in denen die Kindheit der Zwillinge klebte. Vielleicht habe ich irgendwo, fast unerkennbar klein, auch mich selbst gefunden. Wenn ich mich nicht um die Katze kümmerte oder mich auf andere Weise nützlich machte – Pflaumen pflückte und entkernte, Zwetschgen- oder Apfelkuchen buk –, schaute ich fern oder fuhr mit der U-Bahn, die dort draußen, wo meine Tante wohnte, nicht einmal unter der Erde fuhr, in die Stadt, ich spazierte über den Tauentzien, an allen Schaufenstern vorbei und ging ins Kino. Und ich dachte, wenn mein Leben nur eines von denen wäre, von denen Filme erzählten oder über die ich in den Büchern meiner Tante las, dann müßte nun aus rein dramaturgischen Gründen bald die große Liebe kommen. Auf der Heimfahrt waren die Wagen der U-Bahn so weit draußen und so spät am Abend fast leer. Selten spiegelte sich ein anderes Gesicht als mein eigenes in der Scheibe gegenüber. Ich hätte gern jemanden gesehen, der meinem Cousin oder meinen Cousinen ähnlich sah, dachte ich und legte das Fischmesser auf dem Tellerrand ab, meinem Vater, der Fe die eine oder andere seiner Cousinengeschichten erzählte, fiel ich nicht ins Wort. Als Tertianer lud er seine Cousinen in eine Eisdiele ein und hatte am Ende nicht genug Geld in der Tasche, um zu bezahlen, er erzählte Geschichten aus seiner Studienzeit, als Studenten sich noch siezten und der junge Mann im Anzug, der das

Haar kurzgeschnitten trug, in einer Versammlung das Wort ergriff, er sagte, *Tante Maly und ich,* und ich fiel ihm wieder nicht ins Wort, ich sagte nicht, irgendwann aber werden andere Dinge wichtig, Bilder, Autos, alte Uhren, Häuser, Ferienhäuser, vielleicht werden auch die Kinder wichtiger als die Weltrevolution, und die eigene Vergangenheit verschwimmt zu einer Weißwein-erinnerung, nicht wahr, Papa, damals im Sommer in Italien, Klein-Géricaults aus alten Tagen lassen sich in den Himmel und auf die Pflastersteine malen, die liegen zu Hause schon lange unter dem Asphalt, und irgendwann kann man sich auch mit seinen Eltern versöhnen, mit deren niedrigen Parteimitgliedsnummern und alljährlichen Vorkriegspilgerfahrten nach Nürnberg, wen sollen die Kinder sonst Oma und Opa nennen. Tante Maly zum Beispiel versöhnte sich mit ihren Tanten und erbte das Haus in Dahlem, und wenn ich in ihrer Küche eine Dose Katzenfutter öffnete, konnte ich, auf der Fassade der Ruine gegenüber, Einschußlöcher zählen. Meine Tante fand schließlich eine Wohnung für mich, vielleicht weil sie fürchtete, ich würde ihr Wohnzimmersofa, auf dem sonst nur die Katze von einem anderen Leben träumte, nie wieder verlassen. Sie gab mir auch ein paar Dinge mit, die ich, wie sie sagte, in meiner neuen Wohnung brauchen würde, und alles, was sie im Keller für mich zusammengesammelt hatte, packte ich in zwei Wäschekörbe: Töpfe, Teller, Tassen, Pfannen, Nudelsieb, Kartoffelschäler, Weinglä-ser, Korkenzieher, Küchenmesser, weiße Spüllappen mit eingewebten roten Fäden, Geschirrhandtücher, weiß-rot und weiß-blau kariert. In der Küche meiner

Wilmersdorfer Wohnung blieben die zwei umgedreh-
ten Wäschekörbe vor den Rippen des Heizkörpers lange
meine einzigen Möbelstücke, der eine diente als Stuhl,
der andere als Tisch. Für den Fall, daß mich jemand
besuchte, mußte der Telephonbuchstapel als weitere
Sitzgelegenheit herhalten. Wenn mir langweilig war,
suchte ich in einem der Telephonbücher die Seite, auf
der mein Name stand, und überlegte, wie wohl das
Leben derer aussah, die dort in meiner näheren Umge-
bung aufgelistet waren, den Namen aus den Nachbar-
spalten fühlte ich mich schon weniger nah. Leider bin
ich nie jemandem begegnet, zu dem ich hätte sagen
können: Wissen Sie, im Telephonbuch stehen wir ganz
dicht beieinander. In meinem Zimmer lagen die Kleider zwischen meinen beiden Koffern auf dem Boden,
wo sich Bücher türmten, es blieb immer ein wenig so,
als sei ich zu Besuch, und ich hatte keine große Lust,
viel daran zu ändern. An die weißen Wände klebte ich
Bilder, die ich aus der Zeitung ausgeschnitten hatte,
wenn sie mir nicht mehr gefielen, wechselte ich sie wie
Schnittblumen, nach ein oder zwei Wochen warf ich sie
weg. Der Fernseher stand vor der Fußleiste, und solange
ich die Fernbedienung finden konnte, räumte ich nicht
auf, meist lag sie direkt neben der Matratze, nicht weit
vom Telephon, zu dem ich griff, wenn ich Hunger hatte,
weil ich zu lange zu den Stuckengeln hinauf- oder in
den Fernseher hineingestarrt hatte. Ich ließ mir Pizza
oder Nudeln kommen und ärgerte mich, daß ich zu
faul zum Einkaufen war und wieder nichts im Kühlschrank fand, der ganz umsonst summte. Sah ich nicht
fern, schaute ich vielleicht durch das Fenster der Wasch-

maschine in die sich drehende Trommel, die Wäsche drehte sich mit, das Wasser blieb immer unten. Die Waschmaschine hatte ich mir gleich nach dem Fernseher gekauft, dazu einen Zimmerwäscheständer zum Ausklappen. Schleuderte sie, mußte ich mich auf die Maschine setzen, manchmal fragte ich mich, ob nicht irgend jemand auch meinen Namen im Telephonbuch suche. Wenn das Telephon klingelte, konnte es meine Tante Maly sein, die mich fragte, ob ich zum Essen kommen wolle, oder aber es war meine Mutter, die mich morgens anrief und fragte, *habe ich dich geweckt*, und auch wenn ich noch im Bett lag und aus dem Tiefschlaf kam, sagte ich, mehr oder weniger überzeugend, *nein, ich hänge Wäsche auf* oder *nein, ich sitze am Schreibtisch*, obwohl ich, was sie nicht wußte, überhaupt keinen Schreibtisch hatte. Sie fragte Dinge wie *hast du mein Paket bekommen*, manchmal benutzte sie englische Wörter, sagte *Pyjama* statt Schlafanzug, schwärmte von englischen Stoffen, *die Stoffe sind hier besser, das Garn, die Fäden liegen doppelt, die Qualität eines Gewebes hängt am Garn und der Fadendichte in Kette und Schuß*, sie schickte mir Unterwäsche, Strümpfe und ihre Bücher, die ich ungelesen zu den anderen legte. Manchmal fragte sie auch, *warum kannst du nicht an einer richtigen Universität studieren, warum bist du nicht in Bonn geblieben, nach Heidelberg oder Freiburg gegangen wie andere Töchter und Söhne, und überhaupt, wenn ich du wäre, würde ich in England studieren*, sagte die Stimme meiner Mutter, die andere Märchenplattenstimme, deren Endlosansage ich nicht abstellen konnte, ich warf ihr nur ab und zu ein *ach* und ein *ach so* als Daseinsbeweis dazwischen, ich verlor ihren Ferngesprächsfaden und fragte nicht nach, ihre Stimme sprudelte, wie eine Kopfschmerztablette im Wasser, in vielen kleinen Blasen aus den Löchern der Hörmuschel und formte sich zu einem wortlosen Singsang, der nach und nach seine Bedeutung verlor. Übrig blieb die rheinische Melodie über dem Klangteppich des fließenden Wassers, ein Weialala, hinter dessen jeder einzelnen Silbe ich irgendeine große Geschichte hallen und rauschen hörte, so wie das Ohr an einer Muschel Meeresrauschen hören will, *das Meeresrauschen bildest du dir ein*, sagte meine Mutter, *das ist nur das Blut in deinen Ohren, und auch das hast du von mir, du kannst sogar eine leere Kaffeekanne rauschen hören.* Jedes Wort lief durch die Leitung und durchs Wasser des Ärmelkanals, dachte ich an meinem Ende der Leitung, vielleicht kommt ihre Stimme auch über Satellit durch die Wolken, ich hörte nicht immer zu. Ihre Glasfaserstimme legte sich über mich, legte Schlingen, wickelte ein, zog zu, ich sagte *ja* zu allem und jedem. Mir blieb das Ferngefühl und die elektrische Nähe, für die sie irgendwann nicht einmal mehr ein Telephon brauchte, von da an klingelte es von ganz allein in meinem Ohr, sie meldete sich drahtlos bei mir, ihre Stimme kam von irgendwoher, schaltete sich ein, als hätte sie mir einen kleinen Lautsprecher in den Körper gepflanzt, sie sprach aus meinem Bauch oder wie aus einem Knopf, den sie mir ins Ohr gesetzt hatte, sie spulte alle ihre Bühnenanweisungen ab, sagte, *räum auf, geh mit dem Hund raus, saug doch bitte mein Auto aus und wisch den Staub vom Armaturenbrett.* Wir spielten unser Hörspiel, die Teilfamiliensendung in festverteilten Rollen, fiel mir nun, mit dem Fisch auf meinem Teller beschäftigt, wieder ein, und ich dachte, vielleicht brauche ich die Stimme meines Vaters, damit mir auch die Telephonstimme meiner Mutter wieder einfällt, die mich, mit jedem Wort, das sie sagte, ein Stückchen weiter schrumpfen ließ, auch wenn sie nur belanglose Dinge von sich gab, sie kochte mich ein, sie sagte, *wasch die Sachen, die ich geschickt habe, nicht wieder zu heiß, und wasch die Seidensöckchen nicht kaputt*, immer hatte ich das Gefühl, sie habe mich auf irgendeine Art und Weise angezapft, sauge mich durch die Telephonleitung aus, hole sich durch diese Nabelschnur ihr Blut zurück, durch Tentakel, die sich mir aus dem Telephonhörer heraus um den Hals legten, sich in meine Ohren und Nasenlöcher schoben, dachte ich. Manchmal sagte sie nur, sie habe meinetwegen all das Kalzium in ihren Zähnen verloren und seitdem schlechte Zähne, Karies habe ich auch, dachte ich, mein Zahnarzt, der mittlerweile im Gefängnis saß, hatte gut an ihnen verdient. Ich tupfte mir mit der Serviette über die Lippen und bemerkte, ich tupfte mehr als nötig, daß der Stoff der Serviette nach Waschmittelparfüm roch, ich hielt sie mir dicht unter die Nase, das Waschmittel erkannte ich nicht, aber mir fiel ein, daß Frau Ops oft gesagt hatte, *beim Waschen muß man lügen, sonst wird die Wäsche nicht weiß*, und ich dachte an die Sommertage, an denen sie, da war ich ein Kind, gewaschen hatte und im Garten, der dann mehr nach weißen Riesen als nach Blumen duftete, Wäsche aufhängte und ich ihr zu helfen versuchte. Ich erinnerte mich an die Bewegungen ihrer Hände vor den Fäden der Wäschespinne, auf denen

Buntwäsche wie riesige farbige Blütenblätter, Weißwäsche wie ausgewaschene Gespenster zum Trocknen
hing und hin und wieder vom Wind belebt wurde. Frau
Ops bückte sich nach den nassen Hemden, Socken und
Laken, die im Wäschekorb wie frischgefangene Tinten-
fische aneinanderklebten, und bevor sie ein Hemd,
gegen dessen Knopfleiste mein Vater sonst seinen
Bauch streckte, auf die Leine hängte, schlug sie es zweimal durch die Luft nach unten, es knallte, und sie zog
den Stoff von Naht zu Naht glatt, *glatt aufgehängt ist
halb gebügelt*, sagte sie, und wenn ein Wind ging, hieß
es, *Wind trocknet die Wäsche weich*, die Luft im Hei-
zungskeller hingegen, wo die Wäsche im Winter hängen mußte, trocknete hart, das wußte ich mittlerweile
aus eigener Erfahrung. Ich sah über den Tisch auf das
Hemd meines Vaters, das sicherlich in der Reinigung
und nicht mehr zu Hause gebügelt worden war, und im
nächsten Augenblick, das Bild schaltete um, sah ich es
wie ausgeweidet auf der Leine im Garten hängen, das
Bild, dachte ich, springt soundso viele Jahre zurück, das
hellblaue Hemd meines Vaters flattert wie in der Fern-
sehwerbung auf der Leine, Kleidern auf der Leine fehlt
ihr Inhalt, Vogelscheuchen haben Stroh, die Haut hat
ihr Fleisch, und mir fiel die Geschichte mit dem Grün
hinter den Ohren und den Wäscheklammern ein, die
Frau Ops aus einem roten Korb, dessen Farbe am Griff
abblätterte, herausklaubte. Es gab Klammern aus Holz
und andere aus Plastik, und einmal, da hängte sie
Wäsche im Garten auf, fragte ich, *was magst du lieber,
Holz oder Kunststoff*, doch statt einer Antwort steckte sie
mir eine Wäscheklammer auf die Nase und nannte

mich *Naseweis*. Ich sagte, *meine Nase ist gar nicht weiß*, klemmte mir eine Klammer an jedes Ohrläppchen und ein paar in die langen Haare, und wenn ich meinen Kopf bewegte, klapperten die schweren Strähnen. Um das Struwwelpetergefühl vollkommen zu machen, steckte ich mir Wäscheklammern auch auf alle Finger-kuppen, rief, *guck mal, macht mir gar nichts aus*, und Frau Ops sagte, *na du kleiner Klammeraffe, paß auf, daß dir die Klammern nicht an den Fingern festwachsen, oder ich muß sie mit der Gartenschere wieder abschneiden, und dann schneide ich dir die Fingernägel und ein Stück von den Fingern gleich mit ab.* Ich aber klemmte mir, ohne sie wirklich loszulassen, eine Klammer auf meine Zun-genspitze und versuchte den Schmerz auszuhalten, ich wollte mindestens Indianer, lieber noch Monster sein, während Frau Ops die riesigen Socken meines Vaters, neben denen meine Kleidungsstücke, sogar meine lan-gen Hosen wie Puppenkleider aussahen, auf die Leine hängte. Jedes Hemd schlug sie durch die Luft, und es knallte wie der Peitschenschlag eines Großkatzen-dompteurs im Zirkus, nur roch es hier weniger nach Tieren und Tigerstall, wegen der Wäsche duftete der ganze Garten nach Waschmittelparfüm und Fernseh-werbungsfrische, nach *da weiß man, was man hat*, und TAED-Systemtheorie, nach kleinen blauen Megaperlen und nach Klementine, es roch nicht einmal mehr nach Hundepisse. Manchmal reichte ich Frau Ops, damit sie sich nicht bücken mußte, ein feuchtes Wäschestück, das sich wie ein Stück Frischfleisch anfühlte, herauf, und brauchte sie eine Klammer, ließ ich sie eine Kralle von einem meiner Finger pflücken. Sie streifte mich dabei kurz mit der Hand und legte mir eine Strähne, die mir ins Gesicht gefallen war, hinter die Ohren zurück und begann dann ein Spiel, auf das ich beim allerersten Mal hereingefallen war. Als sie sagte, *was hast du denn hinter den Ohren, du bist da ja ganz grün*, drehte ich mich im Kreis, sie klappte meine Ohrmuscheln um und sprach von Algen dahinter, *was ist denn das, o Gott, das sind nicht nur Flechten, da wächst ja Moos!* Verunsichert tastete ich die Stelle hinter den Ohren mit Zeige- und Mittelfingerspitze ab, spürte nichts, lief ins Haus und dachte schon auf dem Weg: Sicher muß ich bald sterben. Vor dem Spiegel im Flur versuchte ich meine Ohrmuscheln so weit wie möglich nach vorne zu biegen, doch auch sehen konnte ich nichts, ich lief zurück zu Frau Ops und rief, *ist es wieder weg?* Sie zog ein wenig an meinen Ohrmuscheln und sagte, es sei nur noch ein bißchen da, sie sagte *bißchen*, nicht *wenig*, und tat so, als entferne sie einige Farbspritzer. Und als ich mich schon fast bedanken wollte, fing sie an, mich auszulachen, und steckte mir wieder eine Wäscheklammer auf die Nase. Ihr Klementinenkittel war weiß wie der meines Zahnarztes, der später im Gefängnis saß, dachte ich, sah auf meine kurzgeschnittenen Fingernägel und auf die weiße Tischdecke, in die ich nicht nur ein Muster, sondern eine ganze Übersichtslandkarte gekratzt hatte, und zog das Tischtuch mit einer energischen Wischbewegung wieder glatt. Ich hänge an der Leine, dachte ich, ich bin ganz langsam getrocknet, die Wäsche trocknete schnell, der Hund lief durch den Garten und hob ab und zu sein Bein, und es kam vor, daß er es an einem Korb frischgewaschener Weißwäsche hob. Wenn der Wind in die Laken fuhr, knatterte die Leinwand, oder eine Tischdecke bauschte sich wie ein Segel, und war die Nässe ausgeweht, war der Stoff nur noch weich. Die Tischdecken hatten, entgegen den Versprechungen der Werbung, oft auch nach der Wäsche noch Schatten von Flecken, deren Urheberschaft meist mir zuzuschreiben war, jetzt hat der Stoff halt Sommersprossen und Leberflecke, dachte ich vielleicht und beobachtete durch ein besonders dünn gewordenes Gewebe – die gekreuzten Fäden rahmten kleine, quadratische Löcher –, wie Frau Ops die Wäsche faltete. *So schlafen die Hüllen der Nachtgespenster tagsüber*, sagte sie, und ich fragte mich irgendwann abends vor dem Einschlafen, ob ich nicht auch ein Gespenst sei, ein Taggespenst, ein Geist, bin ich nicht auch ein Stück Wäsche, das Gespenst meiner Mutter, aus ihrem Bauch heraus in der Welt zum Trocknen aufgehängt, Frau Ops, der ich davon nichts sagte, hörte von mir nur, *ich bin ein Gespenst, hui buh, ich bin ein Gespenst, ich bin Hui Buh, das Schloßgespenst*. Sie sagte, *komm, Gespenst, gehen wir in den Keller, wenn du keine Angst hast*, und ich ging mit ihr in den Keller, wo die Wäschemangel stand, durch die sie Bettlaken und Tischdecken laufen ließ. Eine breite, stoffbezogene Walze drehte und drückte sich gegen eine heiße, konkave Metallplatte und glättete den Stoff, *da stecken wir dich rein, wenn du nicht machst, was ich dir sage*, sagte Frau Ops und senkte ihren Fuß auf das Pedal, mit dem sie die Walze gegen die blanke Metallplatte drückte, es zischte, Dampf stieg auf, und Frau Ops sagte wieder, und ich wußte nie, ob ich ihr glauben sollte oder ob sie nur Spaß machte, *wenn du* nicht folgsam bist, nehm ich dich in die Mangel, ich mangel dich durch, ich mach dich platt, dreh dich durch die Mangel, plätte dich noch ein bißchen und leg dich sonntags als gemusterte Tischdecke unter die Kuchenteller. Meine flache Hand preßte sich auf die Tischdecke, Fe und mein Vater saßen mir gegenüber. Ich nahm ein Stück Stoff zwischen die Finger, der Stoff war kühl und trocken, und ich versuchte die Fäden zu fühlen, fühlte aber nur die Appretur und sah hoch zu meinem Vater in seinem bügelmaschinengebügelten, das heißt mit feuchter Heißluft aufgeblasenen Hemd. Er war inzwischen bei den Kindergeschichten angelangt, die ich nur kannte, weil er sie immer wieder erzählte, nur durch ihn wußte ich von der karierten Hose, in die ich, weil sie kratzte, angeblich Löcher geschnitten hatte, und von dem Zigarettenanzünder, mit dem ich ein Muster, lauter kleine konzentrische Kreise, in die Innenverkleidung des Autos meiner Mutter gebrannt haben soll, *verunglückte olympische Ringe*, sagte mein Vater. Meine Mutter war alles andere als begeistert, und es soll in dem brandgezeichneten Auto noch einige Zeit nach verschmortem Plastik gerochen haben. Wenn er nicht immer wieder davon gesprochen hätte, wüßte ich auch nichts von dem Mantel, den ich in die Mülltonne geworfen haben soll, weil ich ihn anscheinend nicht mehr mochte, als Frau Ops mich nach ihm fragte, war die Mülltonne vor dem Haus schon geleert. Wie ich den Deckel aufgeklappt hätte, um den Mantel hineinzuwerfen, sei mein Geheimnis geblieben, sagte mein Vater. Ich glaubte ihm die ganze Geschichte nicht, ebensowenig, daß ich die Kindergärtnerin, die mich nicht leiden konnte, mit

Vogelbeeren vergiften wollte. Vielleicht hatte mein Vater diese Geschichten nur erfunden und ich mir die dazu passenden Erinnerungsbilder bloß ausgedacht. Ich hob den Blick noch ein klein wenig mehr und schaute meinem Vater ins Gesicht, und schon aus den Bewegungen seiner Gesichtsmuskeln konnte ich herauslesen, welche Geschichte gleich folgen würde, weil ich jede Episode und die sie begleitenden Gesten wie alte Lieder auswendig kannte. Er begleitet sich immer selbst, ich könnte mitsingen, dachte ich, genauso, wie ich in die Melodie seiner langen Rede über Kreiskolbenmotoren, die er mir so oft vorgetragen hatte, hätte einstimmen können. Ich bildete mir ein, jeden Ton, den mein Vater von sich gab, schon einen winzigen Augenblick bevor er ihn tatsächlich anschlug, zu hören, wahrscheinlich weil der Ton irgendwo in den unteren oder oberen Stimmlagen schon einmal angeklungen war. Ich spielte geheime Echospiele, sah seinen abgestimmten, dirigierenden Handbewegungen zu und entdeckte in den Tanzfiguren seiner Gesichtsmuskeln Züge, die ich manchmal, wenn sich eine mir fremde, klebrige Haut auf mein Gesicht legte, das gegen diese Maskierung machtlos war, an mir selbst bemerkte, Verwandte, meine Tante zum Beispiel, sagten dann, *du sitzt da wie deine Mutter, du machst ein Gesicht wie dein Vater.* Eine Ähnlichkeit, gegen die ich mich nicht wehren konnte, dachte ich und hörte meinen Vater lachen, auch Fe, die meinem Vater zu gefallen schien, lachte, und ich wußte nicht, wieso. Das Haar meines Vaters war noch ein wenig heller geworden, vielleicht hatte er auch zugenommen, ein Jahresring mehr, er wird seinem Vater, wie ich ihn von Vorkriegs- und Kriegsphotos kenne, immer ähnlicher, dachte ich, in Höhlen und in der Tiefe verlieren die Fische ihre Farbe, im Wasser sinkt alles langsam, ein See kann verlanden, auch mein Vater könnte, wie die Bösen in den Filmen, die so oft Deutsche sind, eine Uniform tragen, dachte ich, viel verkleideter als in seinem Anzug konnte er ohnehin nicht aussehen. Er trug Hellblau zu Hellbraun, ich vermutete, daß meine Tante, die Mutter meines Bruders, mit ihm einkaufen war. Sie kauft eleganter ein als er, dachte ich, und mir fiel auf, daß mein Vater mit einem Wort, das ein ganz unscheinbares und belangloses sein konnte, einem Wort, das er wie nebenbei fallenließ, eine kleine Zimmermontgolfiere aufblasen konnte, die durch den Raum schwebte und auf flatternden Spruchbändern für sich selbst und ihren Urheber warb, auf einer der dicht an meinem Kopf vorbeifliegenden Phylakterien entzifferte ich das Wort *sinnieren*. Es kam auch vor, daß sich eine seiner Geschichten zu einem respektablen Heißluftballon auswuchs, der sich um die Zuhörer herum immer weiter blähte, bis alle Ausgänge und Gegenstände zugedeckt waren und sich nur noch in weichen Umrissen durch die Ballonseide zeichneten. Bei manchen Gelegenheiten füllte sich die Hülle mit einem Gas, das schwerelos machte oder lachen ließ, oder aber mit Wasser, in dem ich schwimmen mußte, ich konnte mich wie in dem Ballasttank eines U-Boots fühlen, mit dem es, wie ich wußte, in die Tiefe ging. Sosehr ich mit meinem Messer und meiner Gabel auch auf meinem Teller stocherte, sosehr meine Fingernägel sich in den Stoff der Tischdecke bohrten, ich blieb in dieser Hülle, die reißfest auch um mich herumlag, durch diese Haut kam ich nicht hindurch. Papa erzählte von seinen Protesten und Märschen gegen wer weiß wen, es war wohl das, was meine Mutter und er in Vorzeiten als das Kapital verurteilt hatten. Notstandsgesetze, Demonstrationen auf der Bonner Hofgartenwiese, Trauermärsche für gefallene Studentenführer – in irgendeiner marxistischen Splittergruppe habe er die Freundin seiner Cousine kennengelernt, die rebellische Rheintochter, die meine Mutter werden sollte. Sie erzählten sich die Geschichte ihrer verwickelten Väter und sprachen über den Vater meiner Tante, der nach dem Krieg verschwand und nur noch aus Übersee Briefe schrieb. *Dein Großvater schenkte seinem Spruchkammervorsitzenden, einem Flüchtling, ein Bett, das fiel ihm als Möbelfabrikanten nicht schwer und hat ihm ein paar Jahre Haft erspart*, sagte mein Vater, er legte die Sätze vor, ich nahm sie vom Teller auf die Gabel und schob sie an den Lippen vorbei in den Mund, einige Geschichten muß man essen. Manchmal kamen die Zinken aus meinem Mund nicht leer, sondern mit Antwortsätzen zurück, unter der Nadelspitze gibt die Haut, bevor sie durchstochen wird, oft nach, Luftblasen dürfen nicht in die Blutbahn gelangen, dachte ich und erinnerte mich an Photographien meines Vaters mit längeren Haaren, in einem Bundeswehrparka, Schwarzrotgold an den Schultern. Den Parka zog er später, als er nicht mehr demonstrieren ging, nur noch an, wenn er im Garten arbeitete, den Rasen mähte oder mit der kleinen blauen Gardena-Schaufel in der einen und dem Zinkeimer in der anderen Hand über die Wiese spazierte. Er sprach die Untertitel zu den Bildern, die ich aus dem Fernsehen kannte, alle fünf Jahre wurde die Jubelerzählung wiederholt, mit jedem Jubiläum lauter. Vielleicht muß man sich eine Geschichte nur immer wieder selbst erzählen, dann glaubt man am Ende selbst, sie sei wahr und alles habe sich wirklich so zugetragen. Ich hörte meinem Vater auch in diesem Augenblick nicht zu, ich hatte die Geschichten seiner Studentenzeit schon oft genug über mich ergehen lassen müssen, sie waren nicht so gut wie die meiner Märchenplatten, die ich immer wieder hören konnte, und auch die Geschichten meiner Großtante gefielen mir besser. Je nachdem, wie sie aufgelegt war, sagte sie, *der und die waren, genau wie ich, mit von der Partie, auch wenn sie heute alle sagen, sie hätten nicht mitgemacht.* Sie sagte, *der Hitler, der Lump, hat uns ganz schön reingelegt,* und erzählte von Verwandten, die ich nur von Photos kannte, auf denen sie in Uniform posierten. Meine Großtante ergänzte Jahreszahlen und sagte, *der ist gefallen, der und der auch, die beiden anderen sind in Gefangenschaft gestorben, nur der überlebte und flüchtete nach dem Krieg nach Argentinien.* Mein Großvater hatte Glück, er kam aus dem Krieg zurück, und nach dem Spruchkammerurteil ging alles wieder wie vor dem Krieg weiter. So nahtlos, wie es für meinen Großvater nach seiner Entnazifizierung weitergegangen war, ging es für meinen Vater nach seinem kleinen Vaterkrieg weiter, er mußte nicht einmal die Seite wechseln, die andere Seite wechselte zu ihm. Alle Jahre ein Zimmer weiter, Angriffe, Abkommen, Verträge, gesponnene, gewonnene Intrigen, Aufstiegsspiele bis ans Ende eines Flurs, irgendwann aber hieß es, *Sie haben das falsche Parteibuch*, und auf einmal lief nichts mehr über seinen Schreibtisch. Ihm blieben die halbgepanzerte, aufprallgeschützte Dienstwagentraurigkeit und sein Zimmer mit dem Blick über die Bäume auf den Rhein, auf die fahrenden Schiffe und, in der Ferne, die Ruine Drachenfels vor dem Siebengebirge. Gelegentlich trieben Fische, Bauch nach oben, mit der Strömung vorbei. Mein Vater mußte sich keine Sorgen mehr machen, *ich bin unkündbar*, sagte er und erklärte gerne, *ich bereite mich auf meine Petrifizierung vor*. Er kochte auch die jüngere Vergangenheit ein, verkochte die Beeren der letzten Sommer, die bis dahin in der Tiefkühltruhe gelagert hatten, zu Fruchtsaucen und schrieb unleserliche Jahreszahlen auf selbstklebende Etiketten. Man kann Vergangenheit, so wie mein Onkel, auch in Polyesterharz eingießen, kann sie einschweißen, einfrieren oder irgendwo aufheben, meine Großmutter hatte silbergerahmte Photos von Körpern in Uniformen, die unter Glas wie unter einer klaren Wasseroberfläche lagen. Der Fisch auf meinem Teller lag auf Steuerbord, die Backbordseite hatte ich bis auf die Sparren leer gegessen und aus dem Kopf die Bäckchen, das weiche Stück Fleisch unter den Augen, herausgepult. Im Kiefer steckte die ihm nutzlos gewordene Zahnreihe, ein vertrocknetes Auge schaute mich an. Ich nahm einen Schluck aus meinem Mineralwasserglas und schluckte wer weiß wie viele kleine Kohlensäureblasen. Im Glas trieb die Zitronenscheibe, die Kohlensäurebläschen perlten auf Schale und Fruchtfleisch, und die, die nach oben stiegen, zerplatzten kurz unter der Wasseroberfläche. Der Wasserstand war gefallen, ich hätte gern die Zitronenscheibe aus dem Glas gefischt und gegessen. Mein Vater hatte mir einmal erzählt, daß ein gesunkenes Schiff, sofern es nicht zerbrochen sei, gehoben werden könne, indem alle Laderäume nach und nach mit Tischtennisbällen oder kleinen Luftkugeln gefüllt würden, wenn sie genug Auftrieb erzeugten, steige das Schiff nach oben. Und die Fische weiter unten schauen staunend zu, dachte ich mir und mußte an die kleinen Luftkügelchen denken, die mein Vater im Winter auf dem Teich schwimmen ließ, um die Goldfische zu schützen. Irgendwann hatte ich angefangen, Zitronen zu essen, weil ich glaubte, das mache fröhlich, und auch wenn ich Fanta trank, trank ich nur Fanta Zitrone, Orangenlimonade mochte ich nicht. Vielleicht, dachte ich, würde ich viel später jemandem, nur um irgend etwas zu sagen, die Fantageschichte erzählen und weitererzählen, daß ich mir damals eingebildet hatte, mit meinem eingeschmuggelten Geld der Planwirtschaft der DDR den Todesstoß zu versetzen. Oder ich würde erzählen, wie ich im Winter nach dem Mauerfall durch ein Loch in der Mauer spaziert war, auch wenn sich kaum jemand mehr vorstellen könnte, wie unvorstellbar das nur kurz zuvor noch gewesen war, ich würde sagen: In meinen grünen Reisepaß bekam ich einen Stempel, der sich, leicht verwischt, als Grenzübergangsstelle *Brandenburger Tor* entziffern ließ, und schlüpfte durch auseinandergebogene Armierungseisen und bröckelnden Beton zurück in den Westen, ich konnte wie ein Fisch auf die andere Seite schwimmen. Davon abgesehen würde ich später nicht viel zu erzählen haben, vielleicht von dem Zorn, den ich verspürte, wenn ich mit dem Hund an der Leine am Rheinufer stand und tote Fische den Fluß hinuntertreiben sah, denn aus den Erzählungen meiner Mutter wußte ich, daß sie als Kind in diesem Wasser gebadet hatte. Vielleicht hielt ich das, wie die bei Kriegsende angeblich kniehohen Scherbenberge auf den Bahnsteigen des Kölner Hauptbahnhofs, aber auch für eine ihrer Erfindungen. Mein Zorn dauerte nie lange, alles verschwand unter dem großen Egal, mit dem ich auf den Atomkrieg wartete, die Bombe kann jederzeit fallen, glaubte ich damals, auch kurz vor oder nach der Versetzungskonferenz, weshalb ich mich für ihren Ausgang sowenig interessierte wie für die Groß-demonstrationen, deren Teilnehmer an manchen Samstagen die Hofgartenwiese vor der Universität besetzten, in Trauben durch die Innenstadt zogen und den Bonner Bahnhof belagerten. Ich hatte nie auch nur das geringste Bedürfnis, für oder gegen irgend etwas mitzumarschieren. Das Wort *marschieren* allein erinnerte mich an große Zeiten, an die meiner Eltern, vor allem an die meiner Großeltern. Wenn ich auf der Suche nach einer Platte oder einem Pullover durch die Stadt oder über die Hofgartenwiese ging, überlegte ich vielleicht, wofür oder wogegen ich sein könnte, aber ich ging nicht selbst, mich zog nur der Hund durchs Bild. Das Gras vor der Schule war an den Montagen nach Demonstrationen völlig zertrampelt, und die ganze Wiese stank, wie unser Garten, wenn ich den Hund nicht ausgeführt hatte, nach Pisse, dachte ich und legte das Fischmesser, mit dem ich die Gräten an den Teller-rand geschoben hatte, wieder ab. Vielleicht glaubte ich an jenem Ersten Mai etliche Jahre später, als ich meine Berliner Wohnung verließ und mit der U-Bahn von Wilmersdorf nach Kreuzberg fuhr, ich müsse Versäumtes nachholen – sei es, um nicht eines Tages zugeben zu müssen, daß ich nie in meinem Leben für oder gegen etwas auf der Straße gewesen bin, oder sei es, weil ich nicht zu denen gehören wollte, die im Fernsehen viel mehr als in Wirklichkeit erlebt haben. Bevor der Zug am Gleisdreieck aus dem Tunnel ans Tageslicht rumpelte, saß ich mir selbst gegenüber, ich musterte mich in den Fensterscheiben des Waggons und sah mich in meiner Lederjacke, in der ich mir immer ein wenig fremd und verkleidet vorkam, manchmal war mir, als hätte ich die Jacke nur geliehen. Um meinen Hals hing ein Schal, mit dem ich mich, falls nötig, vermummen wollte. Ich senkte den Blick auf meine Oberschenkel, ließ ihn über meine Hosenbeine zu meinen Schuhen weiterwandern und entschied, daß die Lederjacke nicht zu meiner Hose paßte und umgekehrt, die Hose nicht zu der Jacke. Alle anderen Augen werden sehen, daß ich die falsche Hose trage, der Schnitt wird mich verraten, mir fehlt die vom langen Tragen abgewetzte Hose, die sich angegraut und mitgealtert wie eine zweite Haut über die erste legt, dachte ich und beneidete die Menschen, die am Halleschen Tor so selbstbewußt, als habe man sie in ihre Hosenbeine hineingegossen, zustiegen. Sie schienen keine Angst um ihr Fleisch und ihre zweite Haut zu haben, sie setzten sich, wohin sie wollten, sie setzten sich durch. Die Bahn fuhr noch nicht bis Warschauer Straße, das Mittelstück der Oberbaumbrücke und ihre beiden

Türme lagen noch auf dem Grund der Spree, und von der Wiederherstellung der Brücke, dem Schließen der Stadtringlücke, wurde nur gesprochen. An diesem Ersten Mai endete der Zug ohne Angabe von Gründen schon am Kottbusser Tor. Auf dem Bahnsteig, meine lederne Rüstung reichte mir nur knapp über den Bauchnabel, wäre ich am liebsten wieder umgekehrt, doch ich verließ den Hochbahnsteig und ging durch die Unterführung zur Dresdener Straße, den Schal mit dem Wollsiegel und seinem verräterischen Etikett, den ich mir für eine eventuelle Vermummung mitgebracht hatte, versteckte ich in der Innentasche meiner Jacke. Die Skalitzer Straße war unter der Hochbahn beidseitig gesperrt, Richtung Osten sah ich Scharen von Polizisten, die Helme, Plexiglasschilder und Kevlarwesten trugen. Auf der Fahrbahn parkten Einsatzfahrzeuge in einer langen Reihe, sie hatten Frontscheibenvergitterung und viele kleine Beulen von den Steinwürfen vergangener Straßenschlachten im Blech. In meinem Kopf vermischten sie sich mit Fernsehbildern, die Tagesschaustimme sprach immer von *Demonstranten* und *Chaoten*, ich hätte gerne gewußt, ob ich, nur durch meine Anwesenheit, nun einer von ihnen war, dazugezählt wurde. Barrikaden, wie ich sie mir ausgemalt hatte, sah ich nicht, über ein brennendes Auto hätte ich mich, ich besaß damals noch kein eigenes, vielleicht gefreut, und als müßte ich mich warm machen, wiederholte ich in Gedanken immer wieder die irgendwo aufgeschnappte Parole, *mach kaputt, was dich kaputtmacht.* Ich ging über das von Wochenmarktresten klebrige Pflaster unter dem Haus hindurch, das quer über die

118

Dresdener Straße gebaut ist, und bog links in die Oranienstraße ein. Ich bin eine Fliege, die auf einem ausgerollten Klebeband gelandet ist, dachte ich, es hat so gut gerochen, doch leider kann ich nicht mehr abfliegen, ich klebe fest. Meine Füße klebten am Pflaster, die Sohlen haben zu lange in Zuckerguß gestanden, mein Fleisch ist weicher Teig, meine Haut Schokoladenglasur, dachte ich und erinnerte mich plötzlich an meine kindliche Weltbetrachtungsweise, jeder Tag ein Sonntag, das Leben ein Kuchen, eine große Süßigkeit. Wieso sollte ich überhaupt gegen irgend etwas sein? Zu meiner Verwunderung fuhr ein Reisebus an mir vorbei, der sich auf seiner Stadtrundfahrt verirrt haben mußte, ältere Gesichter preßten sich an die getönten Scheiben und glotzten auf die Straße. Ich versuchte, einen grimmigen Gesichtsausdruck aufzusetzen, und schaute so bedrohlich wie möglich geradeaus. Ich ging in ein Café und setzte mich auf einen Platz nicht weit von der Bar, ich wollte mich betrinken, blätterte durch Zeitschriften und bemühte mich, so zu tun, als warte ich auf jemanden. Das Bier schmeckte mir nicht, mein Portemonnaie drückte mich in der Hosentasche. Niemand setzte sich zu mir an den Tisch, und ich fragte mich: Wo muß man sein, um dabeizusein, wie kommt man aus seiner Verpuppung heraus, aus dem Kokon von Kunststoffkindheit, Nutellakindern, Niveatöchtern? Hin und wieder drehte ich den Kopf nach links und sah in die Kuchenvitrine, in der die Tortenstücke vor meinen Augen zu Fischen eines Süßwasseraquariums verschwammen, ein Blick zurück auf mein eingeschweißtes, westdeutsches Leben. Wieder in meiner Wohnung, fand ich, wer sollte sie auch weggeräumt haben, die Kuchenreste vom Frühnachmittag auf dem Fernseher stehen. Als ich gegen die laufende Bildröhre trat, flog der Blümchenteller, den meine Tante Maly mir überlassen hatte, auf den Boden und zersprang, der Fernseher, das Aquarium mit der blubbernden Abendschau, lief aber weiter, als sei nichts passiert. Ich warf ein Wasserglas in die Ecke, stieß einen Bücherstapel um und schlug gegen das schwere Blatt der weißlackierten Altbautür, die zwei Weltkriege und ungezählte Bewohner überstanden hatte. Sie ließ sich von meinem Wutanfall nicht beeindrucken, erst als ich sah, daß meine Fingerknöchel rote Streifen über den Rauhputz an der Wand neben dem Türrahmen zogen, hatte ich genug. Fischaugen funktionieren nur unter Wasser, vielleicht sollte ich dem Fisch auf meinem Teller das Auge ausstechen, dachte ich über den Gräten, Fe hatte ich fast vergessen. Mein Vater fragte, *was sinnierst du* – da war das Wort, auf das ich gewartet hatte. Früher glaubte ich, es gehöre ihm, weil ich es nur von ihm kannte. Er nahm sein Weinglas und sah mir kurz in die Augen, ich wich mit meinem Blick in die unregelmäßigen Mörtelfugen zwischen den Ziegelsteinen in seinem Rücken aus. Eine Holzbank lief an ihr entlang, die Tische, nur auf unserem lag noch eine Decke, standen in einer Reihe davor. Mein Vater war von irgendwo, von abseitig verzweigten Erzählästen, auf die DDR zurückgekommen und versuchte seine Grenzgeschichte zu beenden, ich hatte den Faden seiner rankenden Erzählung längst verloren, *laß die Kollateralen,* hatte meine Mutter gesagt, wenn sie ihm zuhören mußte, *come to the point, ökonomische*

*Gesetze gelten auch für Sprecher.* Ich weiß nicht, ob er davon träumte, im Osten noch einmal anzufangen, sich neu zu erfinden, Organisationen aufzubauen und Netze einer neuen Ordnung über die Beitrittsgebiete zu ziehen, Land zu nehmen, zu erobern. Über Kollegen, die sich ins Beitrittsgebiet versetzen ließen, machte er sich manchmal lustig, so wie über den Bankdirektor, den *Wichtigtuer* und *Provinzwunschfürsten*, der uns den Verlauf der innerdeutschen Grenze und die gestohlenen Grenzmarkierungen hinter seinem Haus gezeigt hatte und die Brücke, die in dem schmalen Fluß einfach aufhörte. Ein roter Strich lag damals nicht mehr auf dem Wasser, wir hätten einfach hinüberschwimmen können. Ich sah Fe neben meinem Vater sitzen, in einem Herrenhemd in Töchterhellblau, ich wußte, unter dem Tisch trug sie eine hellbraune Hose. Ein Netzhautschatten, ein Nachbild ohne die tastbaren Leberflecke und die Blindenschrift ihrer Haut im Gesicht, am Hals und den Rücken hinunter, dachte ich, ich sehe, was ich nicht sehen kann, ich habe all ihre Kleider vor mir und kann sie in den Kulissen – in Berlin, in ihrer Wohnung, im Zug, am Rhein und im Haus ihrer Eltern, wo von ihr nur ein Umriß blieb – auftreten lassen, sie bewegt sich vor ausgestanzten Hintergründen, dachte ich und erinnerte mich an alle Spiele mit Frau Doktor Zimmermann, ich sah ihren Haaransatz im Nacken, das Muttermal am Hals, die Käfernarbe über der linken Brust und all die anderen Punkte, die ich auswendig wußte. Hinter Fe und meinem Vater setzte der Mörtel zwischen den Ziegelsteinen sich zu kantigen Großbuchstaben einer unbekannten Fugenschrift zusammen, meine Fingernägel kreisten über das Tischtuch, als suchten sie eine passende Tonspur. Wo der Stoff über die Tischkante hing, nahm ich ihn wie ein Stück ihrer Haut zwischen die Finger, ich muß die Platte immer wieder hören, ich könnte an der Tischdecke ziehen, den Stoff zerreißen, dachte ich, ich schlug den Zipfel des Tuchs über die Ecke zurück und sah auf die glatte Tischplatte. Der Ober brachte mir den Zitronenkuchen, mein Vater nahm keinen Nachtisch, Fe aß Crema Catalana und erzählte noch einmal von ihrer Wohnung in Friedrichshain, verschwieg jedoch, daß sie dort noch immer mit Anatol zusammenlebte. Ich kannte die Wohnung mit dem Badeofen seit der überraschenden Einladung zu Anatols Geburtstag, ich war mit dem Auto meiner Mutter gekommen, das ich wenige Tage zuvor aus England abgeholt hatte. Ich entblödete mich nicht, den Wagen mit Bonner Kennzeichen gleich vor der Haustür zu parken, damals wußte ich noch nicht, daß in der Gegend öfter Dachziegel und Fassadenteile auf die Straße fallen. Irgendwann saßen Fe und ich nebeneinander auf dem Bett, Anatol oder ein Freund von ihm erzählte eine lange Geschichte, der ich nicht folgen konnte. Fe sagte, während sie an meinen Beinen hinunterschaute, *mir gefällt deine Hose*, und ich antwortete ihr eine kaum hörbare Dummheit, über die sie lächeln mußte. So fing alles an, dachte ich nun, mit ihrer Angewohnheit, die Beine auszustrecken und zu verdrehen, eine ihrer lang geübten Bewegungen, die mir jetzt auch von anderswo wieder einfallen könnte, dachte ich und begann meinen Zitronenkuchen zu essen. Ich betrachtete Fe, als müßte ich ein Erinne-

rungsphoto mit dem Original vergleichen, ihre halblangen, mittelblonden Haare, das manchmal zu blasse
Gesicht mit den blauen Augen und dem Mund, der
auch lächelte, wenn sie es gar nicht wollte. Damals, auf
dem Bett in Anatols Zimmer, räkelte sie sich in einer
Paralleltonart, der Geschichte, die ihr Freund oder ein
Freund ihres Freundes erzählte, konnten wir beide
nicht folgen. Wir grinsten uns an, und ich sah auf den
Knöchel ihres gestreckten Beins, der zwischen Schuh
und Hosensaum sichtbar geworden war. Ich zog meine
Finger nicht zurück, als unsere Hände sich über dem
Spalt zwischen Matratze und Wand berührten, wahrscheinlich wird sie ihre Hand gleich zurückziehen,
glaubte ich, spürte dann aber, wie sich ihre Finger in
meinen hin und her bewegten, und ich hoffte, die
Geschichte, die ihr Freund oder der Freund ihres Freundes erzählte, möge weiter und immer weiter durch das
Zimmer mäandern. Bis zu ihrem Anruf ein oder zwei
Wochen später wußte ich noch nicht, daß ich mich für
persische, indische und afghanische Teppiche, überhaupt für islamische Ornamentik und linksdrehende
Teppichmuster interessierte. Wir verabredeten uns für
eine Ausstellung im Haus der Kulturen der Welt, und
ich sah, daß in einigen der neueren afghanischen Teppiche sowjetische Panzer die Kampfhubschraubersil-
houetten im Mittelteil rahmten. Fe gefiel ein Ikat in
Orange, sie trug eine blaue Bluse, dunkler als das Hemd
von heute, dachte ich, die Ärmel hatte sie aufgekrem-
pelt und eine dunkelblaue Strickjacke um die Hüfte
gebunden, die Hose, die sie anhatte, paßte ihr, als sei
sie seit Jahren mitgewachsen. Nach der Ausstellung

spazierten wir durch den Tiergarten, Fe sagte, *wie Figuren bei Fontane*, und sprach von *L'Adultera*, einem Buch, das ich nicht kannte, mir fiel dazu nicht mehr ein als ein Halbsatz über Effi Briest, die ich einmal im Fernsehen hatte schaukeln sehen. Am Schleusenkrug, der Himmel war bedeckt, aber es regnete nicht mehr, erzählte ich ihr von dem Apfelkuchen, den ich gebakken hatte, wir fuhren über den Wittenbergplatz in meine Wilmersdorfer Wohnung. Fe schaute sich um, ich kochte Kaffee, schnitt den Kuchen an und schlug die Sahne mit einem Schneebesen steif, ich besaß kein elektrisches Handrührgerät. Fe sagte, da hatte sie schon Apfelkuchen auf der Gabel, *du lebst aber sonderbar*, eines ihrer Lieblingsworte, *so habe ich mir deine Wohnung nicht vorgestellt*. Nach dem Kuchen tranken wir eine Flasche Wein, und bis wir uns, was eine Weile auf sich warten ließ, küßten, lagen wir auf dem Teppich, den meine Mutter mir mitgegeben hatte, als ich wegen des Autos in England war. *Erzähl doch mal was von dir*, sagte Fe, *zeig mir Photos*, und es reichte ihr nicht, daß ich antwortete, *ich habe keine, was an der Wand hängt, ist aus der Zeitung ausgeschnitten*, so daß ich mich auf die Suche machen mußte, weil sie unbedingt Bilder sehen und Geschichten hören wollte, als bräuchte sie Beweise, daß es mich auch früher schon gegeben hatte. Mir fiel nur die Geschichte mit dem Teppich ein, der vor langer Zeit im Wohnzimmer meiner Eltern über einem Sofa an der Wand hing, weil er für den Boden zu schade war, wie meine Mutter sagte. Wenn meine Finger beim Fernsehen Beschäftigung brauchten, legte ich einen Arm über den Kopf zurück und spielte mit den Zettel-

fäden am Teppichsaum, zog daran und riß hin und wieder einen Eintragsfaden aus dem Gewebe, nach ein
paar Jahren hatte ich den Saum fast aufgetrennt.
Irgendwo in der Unordnung der Abstellkammer fand
ich tatsächlich einen Schuhkarton voller Photos, warum
ich sie mit nach Berlin genommen hatte, wußte ich
nicht mehr. In einem Umschlag steckte das Photo, das
mich am Tag meiner Konfirmation in der Einfahrt vor
dem Haus zeigt, im Hintergrund sitzt mein Bruder.
*Glücklich siehst du nicht aus*, sagte Fe, als sie das Photo
betrachtete, und fragte, weshalb ich darauf denn so sonderbare Hosen trüge. Ich sah mir das Bild genauer an
und erinnerte mich an die im Hosenschlag mit Tesafilm festgeklebten Haarnadeln. *Ich habe die Hosenbeine
enger gesteckt*, erklärte ich, *mit weitem Schlag in der Hose
fühlte ich mich unwohl*, und dachte an den Fehlkauf meiner Konfirmationshose, der unter Zeitdruck zustande
gekommen war. *Mein Vater hat behauptet, sie würde passen, von Hosen hat er keine Ahnung*, sagte ich und versuchte Fe zu erklären, warum mir manche Hosen ein
unerklärliches Unbehagen, eine Unsicherheit bereiten
konnten, die an einigen Tagen so weit ging, daß ich
mich deformiert fühlte, als wäre ich plötzlich dick oder
mit viel zu dünnen Beinen geboren, vielleicht gestand
ich ihr, daß ich die Abhängigkeit meines Wohlgefühls
von bestimmten Hosen noch immer nicht überwun-
den hatte, vielleicht stellte ich alles aber auch so dar, als
handele es sich um eine lange zurückliegende Kinder-
krankheit. Ich erzählte ihr die Haarnadelgeschichte,
die Geschichte mit der Uhr und die Schwimmbadge-
schichte mit meinem Cousin, und während Fe und ich

uns küßten, erinnerte ich mich auch an andere Badege-
schichten, an Kabinenspiele und Entdeckungen unter
nassem Badezeug, das sich abziehen läßt wie nasse
Haut. Die Schwimmbadepisode, die zu meinem Kon-
firmationsphoto gehörte, erzählte ich ihr fast so, wie sie
sich abgespielt hatte, ich änderte sie nur insofern, als
ich aus meinem Cousin – und ich wußte in diesem
Augenblick nicht, warum ich Fe belog, vielleicht hatte
ich mich schon daran gewöhnt, hier und da nicht die
ganze Wahrheit zu sagen – eine Cousine machte. Wir
küßten uns und zogen uns auf dem Teppich aus. Als
wir wieder Hunger hatten, aßen wir Schinkenbrote und
legten uns ins Bett. Ich durfte sie nicht nach Hause fahren, weil Fe mich nach der zweiten Flasche Wein für
betrunken hielt, weshalb ich sie zu Fuß bis zur Nacht-
bushaltestelle begleitete. Wo die Straße noch feucht
war, spiegelte sich Gaslaternenlicht, wo vor den Häusern kleine Gärten lagen, roch die Erde nach Frühling.
Fe nahm den Nachtbus zum Zoo und stieg dort um
Richtung Rathaus Friedrichshain, eine Weltreise,
dachte ich. Zurück in meiner Wohnung, die mir, aber
das ist ein Klischee, so leer wie nie zuvor vorkam, aß
ich die letzten beiden Stücke Apfelkuchen und fand in
meinem Bett kurz vor dem Einschlafen den Knopf, der
ihr von ihrer Strickjacke gesprungen war. Vom nächsten Tag an trug ich ihn in meiner Hosentasche, vergaß
jedoch immer wieder, ihn ihr zurückzugeben. Ich
träumte von Küssen und Apfelkuchen und ahnte nicht,
daß Fe sich in dieser Nacht den rechten Ringfinger in
der Tür eines alten orangefarbenen Ostgelenkbusses
klemmen sollte. Der Nagel lief blau an, verfärbte sich

violett und wurde eine Woche später schwarz, wovon auf ihrem Fingernagel jetzt nur ein schmaler, fast ausgewachsener Streifen zu sehen war. Ich sah auf die waagerecht liegende weiße Leinwand, auf der die Spuren des Essens ein Gemälde begonnen hatten, Fe und mein Vater tauschten Badeofengeschichten und Geschichten aus dem Osten aus, Fe erzählte, daß im Osten kaum jemand ein Telephon habe, daß man sich statt dessen Briefe schreibe und überraschend besuche, ja daß an fast allen Türen kleine Blöcke hingen, auf denen man Nachrichten hinterlassen könne, *in manchen Häusern schreibt man auch gleich auf die Tür.* Mir fiel der Freitag oder Samstag nachmittag ein, an dem ich im Foyer eines Kreuzberger Kinos Anatol gesehen hatte, sein Arm lag auf den Schultern einer Frau mit dunklem, lockigem Haar und roten Lippen, ich kannte sie vom Sehen, sie hieß Hanja oder Tanja. Wenn Fe zu Hause ist, ist sie allein zu Hause, dachte ich, Anatol wird mindestens die nächsten neunzig Minuten in dem abgedunkelten Vorführsaal beschäftigt sein und seine Hände nicht bei sich halten können, und weil auch ich nicht anders konnte, weil ich dachte: Das ist mein Film, und wieso muß er von allen Berliner Kinos ausgerechnet in dieses gehen, verließ ich es unter einem Vorwand bald nach der Werbung. Zu den beiden Bekannten, dem Pärchen, mit dem ich gekommen war, sagte ich, ich sei gleich wieder da, ich sagte, ich müsse dringend telephonieren, ich hätte etwas vergessen. Eine Geschichte, eine entschuldigende Erklärung hat Zeit, bis ich zurück bin, ich werde mir ausdenken, daß ich vergessen habe, den Gasherd abzustellen, dachte ich, als ich den Vorführsaal verließ und der Frau an der Kasse, die kaum von ihrem Buch aufschaute, zurief, *ich komme wieder*. Sie sagte, *ja gut*, als ich schon fast an meinem Fahrrad stand, mit dem ich ausnahmsweise gekommen war. Ich zog den Fahrradschlüssel aus der Hosentasche, löste das Schloß, befestigte es unter dem Sattel, dachte nichts, gar nichts, stopfte meine Hosenbeine in die Strümpfe und malte den Weg bis zur Oberbaumbrücke auf eine innere Karte, die sich in meinem Kopf auseinandergefaltet hatte, meine Hände zitterten an den Lenkergriffen, und mir fiel ein, daß Anatols Arm auch schon auf meiner Schulter gelegen hatte, von der ich ihn dann sanft hatte abschütteln müssen. Ich bog auf den Fahrradweg der Skalitzer Straße ein und fuhr Richtung Osten. Ich werde Fe an der Wohnungstür nach ihrem verletzten Finger fragen, dachte ich, als ich auf dem Steg neben der Oberbaumbrücke, die noch zerstört im Wasser lag, die Spree überquerte und Fes Wohnung immer näher kam. Ich bewege mich auf verbotenem Gebiet, ich besitze nicht einmal einen Passierschein, ich dürfte gar nicht hier sein, aber ein Vorwand wird sich finden lassen, ich werde sie, nur so, nach Niveacreme fragen oder mich nach ihrem Finger erkundigen, dachte ich, die Haustür stand wie immer offen, und ich schob mein Fahrrad in den Flur. Ich weiß nicht mehr, wieso ich mit dem Fahrrad und nicht mit dem Auto ins Kino gefahren war, vielleicht lag es an dem Frühsommertag, am schönen Wetter, vielleicht aber war ich schon soweit, nicht immer im Mercedes meiner Mutter gesehen werden zu wollen. Ich schloß mein Fahrrad an einen Pfosten des Treppengeländers und schaute in Fes Briefkasten, in dem hin und wieder, ich konnte sie ja nicht anrufen, einer meiner Briefe steckte. Das Türchen unter dem Briefschlitz war stets unverschlossen, wie die Haustür ließ es sich gar nicht erst zusperren, und ich wußte, daß es Anatol war, der die Post aus dem Kasten nahm, er trug sie nach oben und legte sie ihr aufs Bett, weshalb ich, wenn ich ihr schrieb, auf dem Kuvert nie den Absender nannte. Ich lief die vier Treppen zu ihrer Wohnung hinauf, zog die Hosenbeine aus den Strümpfen, ich achtete nicht auf die Zettel an den Türen, auf denen Besucher Nachrichten hinterlassen konnten, ich fuhr mir ein- bis zweimal mit den Fingern der rechten Hand durchs Haar, und als ich endlich den Klingelknopf berührte, fiel mir ein, daß ich die Möglichkeit ihrer Abwesenheit gar nicht einberechnet hatte: Vielleicht ist sie gar nicht zu Hause, dachte ich, nur um es für den Fall, daß sie wirklich nicht zu Hause war, schon gedacht zu haben und eine mir nun doch möglich scheinende große Enttäuschung vorsorglich abzufedern. Meine Zeigefingerkuppe blieb noch Augenblicke auf dem Messingklingelknopf liegen, streichelte, drehte ihn in seiner Fassung, suchte den Druckpunkt, zögerte, bis ein Handrückenmuskel den Druck verstärkte und mein Finger sich wie ein leicht gespannter Bogen krümmte. Der Knopf gab nach, der Stromkreis schloß sich, ich hörte die Klingel im Flur. Ich zog meinen Finger zurück, verlagerte Gewicht von einem Fuß auf den anderen, dachte kurz an den Film, den ich gerade verpaßte, befürchtete schon, sie sei tatsächlich nicht da, und vernahm dann doch ein Geräusch in der Wohnung und Schritte hinter der Tür. Als sie in der

Tür stand, hörte ich, daß ihr Plattenspieler lief, von Niveacreme habe ich nichts gesagt, auch nach ihrem verletzten Finger habe ich mich erst später und eher beiläufig erkundigt. Wir küßten uns, noch bevor ich richtig in der Wohnung war, ich schob die Tür mit der Hacke ins Schloß und stolperte auf dem Weg in ihr Zimmer über einen Herrenschuh im Flur. Ich spürte all die Kußgefühle, die Aufregung der Lippen, die sich unter die Augenlider schob und um den Kopf herum in den Nacken legte, den Zungenspitzenstrom zwischen uns, die Zähne gegenüber, wir zogen uns aus, und erst nach einer Weile, ich trug nur noch eine Socke, schaute ich von Fes Bett aus durchs Zimmer. Ich sah ihren BH und meine Unterhose zwischen Kunstpostkarten auf den Dielen liegen, neben dem Papierkorb standen lang-stielige Lilien in einer Bodenvase. Über der Schmink-kommode, die sie von ihrer Großmutter geerbt hatte, hing ein Photo, auf dem sie sich unter großen Schaum-bergen in der Badewanne versteckte, daneben ein Photo von Anatol in Badehose an irgendeinem See in der Mark Brandenburg, mit einer Nadel, die sich schräg von oben durch einen Rauhfaserhügel bohrte, an die Wand geheftet, vielleicht können Blinde lesen, was da in Braille geschrieben steht, dachte ich. Auf der Kom-mode stand ein silberner Gedeckteller, auf dem Photos von früher und unverfängliche Briefe lagen, neben ihm war eine gerahmte mogulische Miniatur, die ihr Vater von einem Kongreß in Indien mitgebracht hatte, an die Tapete gelehnt. Auf den weißgestrichenen Dielen sah ich, als wäre es ein kleiner, geknüpfter Barnett New-man, einen Ikat liegen, ihr indischer Teppich in Blau und Orange. An der Wand neben dem Plattenspieler standen zwei große blaue Buchstaben auf dem Fußboden, ein F und ein G, die einmal zu der Fassadenbeschriftung eines Geschäftes auf der Karl-Marx-Allee gehört hatten, *gssss, willst du ein G*, konnte sie konspirativ fragen. Auf dem Regal unter dem Fenster reihten sich gelbe West- und blaßbraune Ostreclambändchen aneinander, eine Niveadose hatte sich wie ein rundes Stück Himmel auf die Dielen verirrt, nicht weit daneben hatte ich meine Hose fallen lassen. Durch die zwei großen Fenster zur Straßenseite konnte ich in die Wolken sehen, Fe lag neben mir, sie hatte die Augen geschlossen und erzählte, sie habe das Bett aus Industriepaletten selbst gebaut und lasiert, und sie verriet mir, daß sie die Briefe, die ich ihr geschrieben hatte, unter der Matratze verstecke. Ich sah auf den weißgekachelten Braunkohleofen in der Zimmerecke hinter der Tür, eine Straßenbahn fuhr unten durch die Straße, der Holzboden vibrierte, und in einer kleinen Resonanzkatastrophe bröckelten plötzlich Putzreste von der Vorderhausfassade. Die Nadel sprang auf der Platte, die sich in dem geerbten Schneewittchensarg drehte, wir durften, noch hatten wir uns nicht wieder angezogen, dasselbe Stück noch einmal hören. Fe sagte, wenn sie in die Badewanne gehe oder traurig sei, lege sie eine alte Europa-Märchenplatte auf, sie höre *Dornröschen* oder *Das unsterbliche Schneiderlein*, vorgetragen von allwissenden Vaterstimmen, die ordnen konnten und immer wußten, wie sich alles zugetragen hatte. Fe erzählte Kindergeschichten, von Schwarzfahrten in der Straßenbahn zur Schule, weil sie das Fahrgeld für

Süßigkeiten oder kleine Schutzgelder ausgegeben hatte, von Großmutters Süßigkeitentüten, vom Gähnen in der Kirche, den Vorschriften und Blicken ihrer Mutter, die ich zu diesem Zeitpunkt nur von dem Photo neben dem Küchenherd kannte. Ich erzählte, was mein Vater früher gekocht hatte, wenn ihm nach Kochen gewesen war, wie der Hund gestorben war, was meine Mutter gemacht und wie oft sie angerufen hatte, und irgend-wann fiel mir ein, daß hinter der Wand, an die ich mich mit meinem Rücken lehnte, Anatols Bett stand und daß er und Fe sich sonst mit Klopfzeichen verständigen konnten, einen anderen oder eine andere gibt es immer, dachte ich. Wir lagen nackt auf dem Bett, und wenn es nicht weiter auffallen soll, muß ich gleich zurück ins Kino, die Vorstellung wird nicht mehr lange dauern, dachte ich und hörte wieder eine Tram am Haus vorbei-fahren, ein klein wenig Putz bröckelte, die Platte war zu Ende, und wir hörten nur noch der Stille zwischen den Straßenbahnen zu. *Die Pause macht keine großen Geräu-sche, aber an stürmischen Tagen fallen auch Ziegel vom Dach, oder ein Sparrenkopf löst sich unter der Traufe,* sagte Fe, da stand ich auf, suchte meine Kleider auf dem Boden zusammen und zog mich an. Fe verabschiedete mich an der Wohnungstür, als ich das Haus verließ, winkte sie mir vom Balkon. Ich sah sie zwischen der Wäsche stehen, neben ihr trockneten zwei von Anatols Hemden auf Bügeln, einer der leeren Ärmel hob und senkte sich im Wind, als wolle er mir gleichfalls win-ken. Ich war rechtzeitig zurück im Kino, ging an der Kassenfrau, die noch immer in ihr Buch vertieft war, vorbei und setzte mich in einen Sessel am Rand der letzten oder vorletzten Reihe, es lief die Szene mit dem Überfall auf das Lokal. Einen Augenblick dachte ich, ich hätte vielleicht das Ende des Films verpaßt und sei in die nachfolgende Vorführung geraten, da bemerkte ich, daß die Handlung im Kreis verlaufen war, der Film endete, wie er angefangen hatte, kurz darauf war die Vorstellung zu Ende. Den Bekannten, die mich fragten, wo ich gewesen sei, sagte ich nichts von einem nicht abgestellten Gasherd, ich erfand auch kein Nasenbluten, ich sagte, *ich habe kurz Luft geschnappt und dann weiter hinten gesessen.* Am Ausgang traf ich erneut auf Anatol, als ich ihn sah, steckte ich meine Hände, die ich nicht gewaschen hatte, in die Hosentasche. Er bemerkte mich diesmal und ließ die Hand der lockigen Frau mit den roten Lippen los, er fragte, wie es mir gefallen habe, und ich dachte an Fe, die in diesem Augenblick wohl in der Badewanne lag. *Der Badeofen muß, acht Stunden bevor ich heiß baden möchte, angeschürt werden,* sagte sie nun, mein Vater hörte ihr zu und streute ab und zu Kaltwasserbadegeschichten, Geschichten von in den Augen brennender Seifenlauge und hygienebesessenen Nachkriegstanten wie einen Badezusatz in das Gespräch ein. Er konnte auch von Waschzubern erzählen, die angeschürt werden mußten, um darin Wäsche zu kochen, oder von Knechten, die sich unter Aufsicht seiner Großmutter die Füße waschen mußten, um daraufhin in einem großen Steintrog bloßfüßig Sauerkraut zu treten, er erzählte, was er nicht selbst erlebt hatte, Vorkriegsgeschichten aus erster Hand konnte er nicht kennen. Ich ließ mich sinken, im Winter liegt das wärmere Wasser der Teiche weiter unten, ich ließ mich in unsichtbare Schaumberge sinken, noch tiefer, als ich Fe auf dem Photo in ihrem Zimmer gesehen hatte, unter Wasser kann man die Augen öffnen und Bläschen steigen sehen und das Gluckern und Glucksen des Wassers immer lauter werden lassen, auch der Duschkopf erzählt, wenn er unter Wasser weiterläuft, Geschichten, fiel mir ein. Der Ober kam mit dem Espresso, den mein Vater für uns bestellt hatte, *Friedrichshain liegt hinter der Warschauer Brücke, das ist die Brücke, die über die Gleise führt,* sagte Fe, mein Vater hörte gebannt zu und gab Bemerkungen wie weitere Zutaten hinzu, ich hörte aus dem, was beide sagten, keinen Zusammenhang mehr heraus, zwischen den gebrannten Ziegelsteinen füllt der Mörtel die Fugen, dachte ich. *Die Oberbaumbrücke ist eine Klinkerbrücke, ihre Turmspitzen liegen seit Kriegsende in der Spree,* hörte ich Fe sagen, *von der Fassade des Hauses, in dem ich wohne, fällt der Putz, er schält sich wie die Haut nach einem Sonnenbrand.* Von den alten Einschußlöchern neben den Fensterrahmen hatte sie Gipsabgüsse genommen, *zur Erinnerung,* erklärte sie vielleicht noch, da fragte mich mein Vater, *und wohin bist du wieder abgetaucht.* Ich hatte den Kuchen mit der Zitronenscheibe aufgegessen, den Espresso getrunken, das Wasserglas geleert und den Wein bis auf eine Neige ausgetrunken, vielleicht bin ich betrunken, dachte ich, als der Ober die letzten Teller vom Tisch räumte und ich bemerkte, daß ich schon wieder gekleckert hatte. Ich nahm die Serviette von meinem Schoß, faltete sie und legte sie auf die weiße Decke. Mein Vater verlangte die Rechnung und zahlte. Fe und ich schauten uns über den Tisch hinweg an, sie trug die Linsen, keine Brille, für meinen Vater mußte sie nicht jünger aussehen, als sie war. Ich sah die Haut rund um ihre Augen und ihre angemalten Lippen, sie war blaß wie immer, sie hatte eine hellblaue Bluse an, eigentlich ein Herrenhemd, heller als das meines Vaters, unter dem Tisch eine hellbraune Hose und flache Schuhe. Ich sah die Sommersprossen auf ihrer Haut und den schmalen schwarzen Streifen auf dem Nagel des rechten Ringfingers. Mein linker Daumennagel bohrte sich ins Fleisch meiner Mittelfingerkuppe, ich könnte mit meinen Nägeln Linien, Stadt- und Landkarten malen, mit der flachen Hand über den Stoff streichen, Schlingen im Samt gegen den Strich kämmen und kurze Namen schreiben, dachte ich. Wo der Stoff über die Tischkante hing, nahm ich ihn wie ein Stück Haut zwischen die Finger, ich dachte, immer wieder kommt etwas von irgendwo dazwischen, ich zog ein wenig an der Decke und sah noch einmal nach der Tischplatte, der Nachgeschmack der Zitronenscheibe, die den Kuchen verziert hatte, lag mir auf der Zunge. Wie immer nach dem Essen war ich müde, ich unterzeichnete ein Papier, das mein Vater mir mitgebracht hatte, drehte mich um und sah durch die vollgetränkten Fensterscheiben auf die Straße. Die Straße glänzte, und neben den Autos fuhren deren Spiegelbilder über den nassen Asphalt. *Bist du eigentlich noch benommen von deinem Unfall,* fragte mein Vater und gab mir, er versuchte dabei möglichst unauffällig vorzugehen, Geld aus seinem Portemonnaie, ich antwortete, *nein, Papa, es ist ja sonst nichts passiert, ich hatte doch bloß Nasenbluten,* aber vielleicht dachte ich es nur. Bald darauf verabschiedeten wir uns, mein Vater mußte zurück ins Ministerium. Fe und ich spazierten durch die Stadt und an den Schaufenstern vorbei, die in der Fußgängerzone zu beiden Seiten der Straße wie große Aquarien in die Häuser eingelassen waren. In fast allen Schaufenstern waren Kleider in den Farben Blau, Hellblau und Grau zu sehen. In einer Auslage hing vor den Schaufensterpuppen ein halbdurchsichtiger Duschvorhang, die Puppen, ihre Umrisse verschwammen hinter dem Vorhang, hatten riesige blaue und braune, aufgemalte Augen, sie schauten traurig und waren nackt. Auf einem Stuhl zwischen ihnen lag eine gefaltete Hose, über der Lehne hing ein offenes Hemd. Fe und ich betraten das Geschäft, wir trieben, ich weiß nicht mehr, wieso, vielleicht wie Fische, die zu Ködern schwimmen, hinein. Auf den zwei Tischen in der Mitte des Raumes stapelten sich gefaltete Pullover, auf einer Kleiderstange an der Wand sah ich eine Hose, die mir gefiel.

meine nachtblaue hose

In der Umkleidekabine öffnete ich den Gürtel mit der wer weiß wie oft geübten, lange nicht bemerkten Zug-bewegung der linken Hand. Der Dorn sprang wie von selbst aus dem Gürtelloch, ich zog das eine Ende des Gürtels aus der Schnalle, öffnete den Hosenknopf mit Daumen und Zeigefinger und griff mit der rechten Hand nach dem Reißverschluß. Vielleicht lag es nur an dem Tempo, der Geschwindigkeit oder aber Langsam-keit meiner Handbewegung, vielleicht war es auch irgendeine Kleinigkeit, die mich aus dem Takt und durch eine mir unbekannte Verknüpfung auf den Gedanken brachte, daß die Geschichte mit Fe, die im Verkaufsraum des Geschäfts nach einem Rock oder einem Oberteil in ihrer Größe suchte, in und mit dieser nachtblauen Hose angefangen hatte. Müßte ich diese Geschichte erzählen, ich könnte sie als die des Autos meiner Mutter, die meiner Haut oder meiner Hose erzählen, dachte ich, und mir kam dabei nicht der Gedanke, daß sich die Vorstellung, Vergangenheit lasse sich durch die Betonung eines einzigen Motivs ordnen, auf etwas beziehen könnte, was zu Ende sein will. Mir hätte in diesem Moment, was ich auch lange danach noch nicht wahrhaben wollte, vielleicht sogar aufgehen müssen, daß die Geschichte mit Fe, wie fast alle Liebes-geschichten, dem Ende zuging. Die Vorgeschichte, um

dem Muster der frühen Lustigen Taschenbücher zu folgen, spielt an einem Morgen im Frühjahr, Ende Februar
oder Anfang März, dachte ich, der Frühling hatte noch
nicht wirklich angefangen. Ich hängte gerade Wäsche
auf, als meine Mutter in meiner noch immer eher leeren Berliner Wohnung anrief und fragte, ob ich mir
nicht ihren Wagen, ihren weißen Mercedes, abholen
wolle, den sie wegen seiner Linkslenkung, sie sagte, *er
hat das Steuer doch auf der falschen Seite*, in England
nicht mehr fahren mochte. Ich hatte den Hörer zwischen Kinn und Schulterblatt eingeklemmt, hielt eine
feuchte, frischgewaschene Schlafanzughose in der
Hand und schaute aus dem Fenster. Die nackten Zweige
der beiden Bäume auf dem Hof bemühten sich seit Jahren, dem Himmelsquadrat entgegenzuwachsen. Meine
Mutter sagte, sie habe sich schon einen Wagen mit
Rechtslenkung gekauft, und wie immer, wenn sie
sprach, versuchte ich an ganz gewöhnliche Dinge, an
beruhigende Nebensächlichkeiten zu denken, ich muß
Milch kaufen, dachte ich, und ich darf die restliche
Wäsche, die frischgewaschene letzte Woche, die seit
gestern abend feucht in der Trommel liegt, nicht vergessen. Ich achtete nicht auf die Fragen meiner Mutter,
die notiert kein Fragezeichen verdienten, ich überhörte
ihr übliches, *habe ich dich geweckt, was machst du, bist du
fleißig*, und antwortete, auch das war ein Automatismus,
*so lala, weialala*, und legte bald unter dem Vorwand, ich
müsse zu einer Vorlesung, auf. Bevor die Geschichte
mit Fe anfing, war mein Jurastudium mehr Alibi, Vor-
lesungen besuchte ich nur selten, über den Kommenta-
ren schlief ich ein. Ich hängte Schlafanzughosen und

Unterhemden auf den Wäscheständer im Flur und fuhr am Nachmittag des folgenden Tages zum Flughafen, ich flog von Tegel nach Heathrow, kam mit der U-Bahn nach London hinein und traf meine Mutter irgendwo im Linksverkehr. Ich blieb ein paar Tage bei ihr und schlief in dem Zimmer zur Straße zwischen Kamin und Erker, ließ mich in die Tate und in die National Gallery schicken, ging mit ihr essen und an einem Abend ins Ballett. Als sie einmal mehr Zeit und weniger gute Laune hatte, spazierten wir durch Knightsbridge, bei Harvey Nichols kaufte sie mir die Hose, die ich in den folgenden Monaten fast ununterbrochen trug, zum erstenmal zwei oder drei Tage später auf Anatols Geburtstag in Berlin. An diesem Abend, Anatol, den ich vom Studium her flüchtig kannte, hatte mich eingeladen, fuhr ich mit dem Wagen, ich hatte ihn gerade erst von England bis nach Berlin gebracht, über den Alexanderplatz zum Frankfurter Tor, bog in die Warschauer Straße ein und suchte die Querstraße, in der Anatol und Fe zusammenwohnten. Ich überreichte Anatol mein Geschenk und setzte mich, es gab in seinem Zimmer keine andere Sitzgelegenheit, aufs Bett. Von den anderen Gästen kannte ich niemand, ich hörte zu und bewunderte Fe, von der Anatol mir erzählt hatte. Sie trug eine hellblau ausgewaschene, gut eingetragene Jeans, fragte, *was möchtest du trinken*, und setzte sich, nachdem sie mir ein Glas gegeben hatte, neben mich aufs Bett. Sie sagte, vielleicht hatte sie meinen Blick auf ihren Beinen gespürt, ihr gefalle meine Hose, und ich erwiderte, *ich habe sie zum erstenmal an*. Wir begannen uns auszufragen und unterhielten uns über Mütter, sie öffnete die Dose mit den englischen Keksen, die ich mitgebracht hatte, wir krümelten auf Anatols Bett, und irgendwann, erinnerte ich mich in der Umkleidekabine, berührten sich unsere Hände. Ich bemerkte, daß der Reißverschluß im Schlitz meiner Hose sich nicht öffnen ließ, der Schieber hing fest, am seitlichen Besatz schienen ein oder zwei Zähnchen zu fehlen. Ich wußte nicht, dachte ich, während ich an dem klemmenden Verschluß herumhantierte, warum ich die nachtblaue Hose, die meine Mutter mir in England gekauft hatte, von da an fast jeden Tag trug. Ich trug sie immer, wenn ich Fe traf, und nach und nach trafen wir uns öfter, im Tiergarten und neben dem japanischen Kuchenbaum im Botanischen Garten, dessen Blätter tatsächlich nach frischgebackenem Kuchen rochen, ich trug sie unter den Kolonnaden des Alten Museums und nachts am Schlachtensee. Ich mußte nicht überlegen, was ich anziehen sollte, ich kam nicht mehr in die Nähe früherer Verlegenheiten, die mich sonst stundenlang beschäftigt und in mir fast immer ein Gefühl der Unsicherheit ausgelöst hatten, auf einmal war das aus und vorbei. Vielleicht lag das an Fe, vielleicht an meiner Hose, der ich magische Kräfte zuzuschreiben begann. Ich hatte ein Auto, Fe saß rechts neben mir, und wir fuhren, als müßten wir Verfolger abschütteln und Spuren verwischen, kreuz und quer durch die Stadt. Wir malten den Stadtplan voll, spielten Beschattung, klapperten die Straßen ab und versuchten, jedem Nachmittag Punkte und jeder Markierung Fußnoten zu geben, Fe schrieb Legenden hinter kleine, fortlaufende Nummern in ihr Notizbuch. Sie wollte alles festhalten, wollte Merian

unserer Nachmittage sein, der Nachmittage in Friedrichshain oder auf dem überwucherten Bahnsteig im
Bahnhof Grunewald, wo zwischen den Eisenbahn-
schwellen kleine und größere Bäume wuchsen. Sie
zeichnete den Tiergarten, die Komponisten und meine
Wilmersdorfer Wohnung ein, die Schutthügel des
Geländes an der Prinz-Albrecht-Straße und den Groß-
belastungskörper auf der Schöneberger Insel. Wir spielten Touristen, besuchten das touristische Berlin, fuhren auf den Fernsehturm, tranken russische Cocktails
und schauten, während wir uns drehten, von oben über
die Stadt. Abends holte ich Fe an der Staatsbibliothek
ab, die damals noch allein im Niemandsland freige-
bombter Felder lag, dann erzählte sie mir, was sie gelesen hatte, und bestimmte, wohin ich fahren solle, meist
über die Potsdamer Brücke und die Potsdamer Straße,
*die schönste und häßlichste Straße des Westens*, weiter
nach Süden, an Gustav Noberts Bestattungen, Vincenz
Salas Schreibwaren und dem hellblauen Würfelhaus
am U-Bahnhof Kurfürstenstraße vorbei. Wir unter-
querten die Hochbahn, fuhren mit Blick auf den Bun-
ker unter dem Sozialpalast hindurch und setzten uns
ins Café M. Fe erzählte Anekdoten aus ihrem Fried-
richshainer Leben, Ostgeschichten, die sie auf diesen,
ihren Westausflügen bei mir los wurde, ich hörte ihr,
weil ich alles von ihr wissen wollte, gerne zu. Sie berichtete von Reisen und Feldforschungen in Indien und
Indonesien, erklärte mir Verwandtschaftssysteme und
brachte auch mich zum Reden: Sie schrieb mich auf,
ich ließ mich lesen. Immer wieder spielten wir uns
Elterngeschichten und Westvergangenheit vor, *unsere*

*goldenen siebziger Jahre*, wie sie sagte, *warum haben deine Eltern sich scheiden lassen*, fragte sie, *und warum haben deine sich nicht scheiden lassen*, wich ich anfangs aus, *hast du daran gedacht, dich umzubringen*, wollte sie wissen, *hast du es versucht, was hat dich abgehalten*, und ich dachte, vielleicht sucht man sich einen anderen Menschen auch, um immer einen Zuhörer zu haben. Wir erzählten uns unsere eigene Geschichte als Liebesgeschichte: zwischen Kuchenkrümeln, mit Apfelkuchen im Mund und auf der Rückbank im Auto, *es waren einmal die Protagonisten ... und wieviel Kapitel gibst du mir*, fragte ich, da saßen wir wieder einmal mit dem Rücken zur Wand nebeneinander im Café M und beobachteten, wie neue Hosen getragen wurden, jeder Besucher führte sich vor, hatte seinen Auftritt. Wir erzählten uns Liebesgeschichten, die vielleicht nur erfunden waren, und weil ich kaum andere kannte, gab ich Erlebnisse meines Bruders – aus dem ich in Erzählungen manchmal eine Cousine werden ließ – als meine eigenen aus, Fe schrieb mit, selbst wenn ich gestohlene Geschichten, die ich anderswo gehört oder gelesen hatte, erzählte, manchmal auch Kindergeschichten, die von meinem Vater oder meiner Mutter stammten: der Kölner Hauptbahnhof in Scherben, Marmelade, Kutteln nach der Art von Caen, Fe merkte sich fast alles, auf Widersprüche machte sie mich aufmerksam. Auch ich erzähle oft das gleiche, das habe ich von meinem Vater, dachte ich, kleinere Abweichungen von der Wahrheit beunruhigten mich nicht. An einigen Abenden kam ein Bangladeshi, der sonderbare Feuerzeuge und Aufziehpüppchen verkaufen wollte, an unseren Tisch, seine

Püppchen trugen zwischen ihnen nur angedeuteten Schulterblättern kleine Kurbeln und konnten im Kreis über die Tischplatte laufen, sie machten schnatternde Bewegungen dabei. Mir fiel die stillere Bewegung der Goldfische in unserem Gartenteich ein und daß mein Vater im Sommer zuweilen bis zur Hüfte zu ihnen ins Wasser stieg, um sich abzukühlen, wie er sagte, was Fe gar nicht interessieren konnte, trotzdem hörte sie zu. Vielleicht, weil sie alles, was ich erzählte, mit ihrer Elternwelt verglich, während ich, das war die Begleiter-scheinung dieser Sitzung, das Drahtflechtwerk der Leh-nen und Sitzflächen zu spüren begann, das sich immer tiefer in meine Haut drückte. Fe erging es, wenn sie nicht auf ihrer Jacke saß, genauso, nach ein oder zwei Stunden hatte unsere Haut ein Muster. Auch auf der Haut meiner Zeigefingerkuppe sah ich einen Abdruck, den das kleine gelochte Metallstück, mit dem der Reiß-verschluß sonst hin- und hergezogen wurde, hinterlas-sen hatte, bisher hatte ich vergeblich versucht, meinen Hosenschlitz zu öffnen, der Schlitten ließ sich über die fehlenden Zähnchen weder ziehen noch schieben. Ich zerrte an dem Reißverschluß, bis er von oben auseinan-derriß, zog mir den Hosenbund über die Hüftknochen und musterte mich im Spiegel. Ich versuchte, mich so abschätzig zu betrachten, wie ich nur ein unbekanntes Gegenüber, eine unsympathische fremde Person hätte betrachten können, ich erinnerte mich an Momente, in denen ich mir im Spiegel begegnet war und mich nicht erkannt hatte, ich sah mich mit halb heruntergelasse-nen Hosen in der Kabine stehen und schaute mich um. Die rechte Wand war weiß, die linke aus Glasbausteinen aufgemauert, hinter denen ich eine Lichtquelle vermutete, die Kabine war, wie Umkleidekabinen nun einmal sind, aufgeräumt und leer bis auf die Parfümspur, die von einer früheren Benutzerin geblieben war. Die Hose, die ich anprobieren wollte, hing auf einem der beiden Haken an der Kabinenwand, zwischen den Haken klebte ein kleines Schild mit einem Hinweis, ich streifte mit den Augen wieder über den Spiegel, in dem ich mir nicht entgehen konnte, und sah in die Glühbirnenreihe, die wie in einer Theatergarderobe um den Spiegel herummontiert war. Auf Kniehöhe gab es eine schmale Bank, auf der ich eine Tasche hätte abstellen können. Aus der Nachbarkabine, ich erschrak ein wenig, hörte ich Husten und das Geräusch, das entsteht, wenn ein Vorhang in einer Gardinenschiene zur Seite gezogen wird. Ich lehnte mich gegen die Glasbausteine, meine Hose rutschte mit dem Gewicht des Gürtels, den ich nicht aus den Schlaufen gezogen hatte, ein Stück nach unten, rutschte weiter bis fast auf meine Knie und erinnerte mich an ein Kind, das vom Töpfchen aufsteht und nach zwei oder drei Schritten mit heruntergelassener Hose stolpert und fällt, ich schaute in den Spiegel und dachte: Ich übe, lächerlich auszusehen, ohne mich darüber zu ärgern. Aus der Nachbarkabine hörte ich jetzt Bemerkungen über ein Kleidungsstück, das mir unsichtbar blieb, ich hörte ein Rascheln, Fetzen eines Verkaufsgesprächs und einer Kleidervorführung. Sah ich sehr genau hin, konnte ich selbst im Spiegel einen der Marmeladenflecken auf meiner Hose ausmachen, die ich am Morgen nicht gründlich genug ausgewaschen hatte. *Jeder Fleck erzählt seine Geschichte*, hätte

Frau Ops gesagt, manchmal sagte sie auch, *hast du dir wieder einen Orden verliehen.* Meine Hose hing mir schon fast unter den Knien, als ich bemerkte, daß meine Füße noch in den Schuhen steckten und ich sie gar nicht ausziehen konnte. Ich zog den Hosenbund also wieder ein Stück nach oben und setzte mich auf die schmale Bank vor dem Spiegel, schlug das linke Bein über das rechte, löste die erste der Schnürsenkel-schleifen und dachte daran, wie verlegen ich früher vor dem Kleiderschrank gestanden hatte, wenn ich nicht wußte, was ich anziehen sollte. Ich hatte mir einen Tag in diesem oder jenem Kleidungsstück immer schon im voraus ausgemalt und hin und her überlegt, was ich am Tag darauf anziehen könnte, damals spielte ich, *was ziehe ich an*, ich wollte stets passend angezogen sein und nie die falsche Hose tragen. Es kam auch vor, daß ich mich in meinen Kleidern aufs Bett legte und ein-schlief, manchmal zog ich nur die Hose aus und hängte sie über den Stuhl vor meinem Schreibtisch, auf dem eine Weltkarte klebte, alle möglichen Detonationsorte der westlichen und östlichen Welt hatte ich mit kleinen Tintenatompilzen eingezeichnet. Die Atompilze wollte ich nun in den blauen Flecken auf meinen Oberschen-keln wiedererkennen, *irgendwie, auf geheimnisvolle Weise, sieht sich alles ähnlich*, hätte Fe, die in diesem Augen-blick durch den Laden streifte, gesagt. Ich schlüpfte aus dem ersten Schuh, sah auf die vom Straßenpflaster ver-kratzte Ledersohle und löste die Schleife des zweiten Schnürsenkels. Jetzt spiele ich, *was hatte ich an*, dachte ich, wie damals, als der Kleiderschrank in dem Haus, das mein Großvater auf meinen Namen überschrieben

hatte, mir als Archiv zugeschnittener Erinnerungs-
stoffe diente, ich blieb vor dem Schrank stehen, wußte
nicht, was ich anziehen sollte, und bildete mir ein, für
immer behalten zu müssen, daß jene zum Beispiel die
Hose war, die ich trug, als meine Mutter zu mir sagte,
*Papa und ich müssen uns trennen, wir streiten uns zu oft.*
Das ist die Hose, die ich anhatte, als Anatol uns beinahe im Bett überraschte, dachte ich und ließ meine
englische Hose wieder ein Stück nach unten rutschen,
wobei ich mich an den späten Nachmittag in der Wohnung erinnerte, die Fe und Anatol sich teilten. Kurz
bevor ich in der Küche auf das Kochen des Kaffeewas-
sers wartete, hatten Fe und ich noch auf ihrem Bett
gelegen, und ich hätte ihr auch an diesem Tag gern vom
Bett aus beim Anziehen zugesehen, sie aber verschwand
im Badezimmer. Ich zog mich an, ging in die Küche,
stellte, wie sie es mir aufgetragen hatte, den Wasserkessel auf den Herd und betrachtete die Kunstpostkarten
an der Wand, zwischen denen das Photo ihrer Mutter
hing, dann blätterte ich durch den alten Diercke-Atlas,
der neben dem Radio auf der Fensterbank lag und
Deutschland zeigte, wie es einmal, noch gar nicht lange
her, mit einem rotgezackten Balken mitten durch Berlin gewesen war. Die Strecke von Berlin über die Tran-
sitautobahn und über die Grenze bis nach Bonn fuhr
ich einmal mit dem Finger ab, ich blätterte auch zu den
Karten exotischer Gebiete weiter hinten im Atlas, überall, wo Fe gewesen war, in Indien, in Indonesien, auf
Bali und auf Papua-Neuguinea, hatte sie, die Ethnolo-
gin, die sich in diesem Augenblick mit ihrem Badeofen
herumärgerte, kleine Punkte eingezeichnet. Ich nahm

das kochende Wasser vom Herd und goß den Kaffee auf, der Kaffee lief und tropfte in die Glaskanne unter dem Porzellanfilter. Fe kam, eingewickelt in ein Badetuch, in die Küche, küßte mich auf den Nacken und ließ mir Wasser aus ihren Haaren in den Kragen laufen. Ich stellte den Wasserkessel ab und wollte mich gerade zu ihr umwenden, da hörte ich Schritte und knarzende Dielen auf dem Treppenabsatz vor der Wohnungstür. Fe machte sich los und war in dem Moment, als sich der Schlüssel im Schloß drehte, schon unterwegs in ihr Zimmer. Ich blieb in der Küche stehen, goß noch einmal Wasser in den Filter und schaute meiner rechten Hand beim Zittern zu. Kaffeeduft zog durch die Küche. Anatol öffnete die Tür, rief ein singendes *hallo* durch den Flur, stellte seine Tasche ab und begann einen Satz, den er, als er mich am Herd stehen sah, nicht mehr zu Ende sprach. Auch ich sagte *hallo* und etwas so offensichtlich meiner Verlegenheit Entsprungenes wie, *ich gieße gerade Kaffee auf.* Er wusch sich in der Spüle die Hände, erzählte mir von einer geplatzten Verabredung und schob das gelbe Seifenstück, das mich an ein abgelutschtes und wieder ausgespucktes Nimm-Zwei-Bonbon erinnerte, viel zu lange zwischen seinen Händen hin und her. Die Finger wischte er am Spülhandtuch ab, dann stellte er Tassen und Teller auf den Tisch. Ich sah an ihm vorbei und über die Fensterbank, auf der ich den Atlas aufgeschlagen liegengelassen hatte, sah auf das Dachgeschoß des Hauses gegenüber, das ganz nah am Himmel ausgebaut wurde, und sagte etwas über die Dachdecker, die mit nackten Oberkörpern über das Gerüst turnten. *Manchmal winken sie, und wenn sie mit der Rekonstruktion fertig sind, wird man von drüben auch in unsere Wohnung sehen können,* fiel Anatol mir ins Wort, und ich wunderte mich nicht, schon lange nicht mehr, über ein Wort wie *Rekonstruktion.* Wenn ich noch viel verrückter wäre, dachte ich statt dessen, würde ich heimlich die Wohnung gegenüber mieten und sie von dort aus Tag und Nacht beobachten, und immer, wenn Fe alleine wäre, und sei es nur für fünf Minuten, würde ich herüberkommen. Und ich überlegte vielleicht auch, wie es wäre, wenn ich hier wohnen würde, an Anatols Stelle, oder sie bei mir, und ob sie dann eine Geliebte oder einen Geliebten hätte oder ich, weil das Glück vielleicht ganz schnell langweilig wird, weil alles, an das man sich gewöhnt, langweilig wird. Als Fe, sie hatte ihre Badetuchtunika abgelegt, mit ihren nicht mehr ganz so nassen Haaren zu uns in die Küche kam, erwähnte Anatol noch einmal die veränderte Planung seines Abends und entschuldigte sich fast dafür, vorzeitig zurückgekommen zu sein. Einen Augenblick lag mir die Frage, *hat der ursprüngliche Plan vielleicht dunkle Locken, heißt Anja oder Hanja und geht gern ins Kino,* auf der Zunge. Fe nahm den Kuchen vom Papptablett und legte ihn auf einen Teller, während Anatol anfing, von französischen Filmen und Käsesorten zu schwärmen. Als habe er sein ganzes Leben lang nur französische Filme gesehen, behauptete er, worüber ich dann noch eine Zeitlang nachdenken mußte, in einem bestimmten Alter sei das Leben wie ein französischer Film, er selbst bevorzuge mittlerweile den Käse. Wir saßen zu dritt am Tisch in der Küche, aßen Kuchen, und ich dachte: Komisch, daß ich nicht einfach beschließen kann, ihn nicht zu mögen, bis dahin wußte ich bloß, daß man kaum beschließen kann, jemanden gern zu haben. Anatol zählte italienische und französische Käsesorten auf, und mir ging der Gedanke durch den Kopf, eine sehr gute Nase, ein Hund, müßte riechen, daß Fe und ich eben miteinander geschlafen haben, *feine Nasen riechen das*, hatte Fe einmal gesagt. Anatol merkte nichts oder tat zumindest so, ich sah sein dunkles Haar, die lichten Ecken über der Stirn, Fe schreibt ein Buch über ihn und was die DDR gewesen ist, dachte ich, sie sammelt alle Unterschiede, läßt ihn erzählen und benutzt seine Vergangenheit. Ich senkte den Blick auf die geschlagene Sahne, die über den gelierten Guß zwischen den Erdbeeren lief, und bemerkte, daß Fe drei Stücke Kuchen gekauft hatte, eins für jeden von uns, als habe sie mit Anatol gerechnet. Vielleicht wiederholt sie alles, was zwischen uns war, mit ihm, vielleicht aber bin ich die Wiederholung, die Wiederholung aus dem Westen, mußte ich plötzlich denken, vielleicht beschwört sie mit mir ihre Vergangenheit, und umgekehrt, vielleicht sind wir beide, Anatol und ich, die Betrogenen, vielleicht sollten wir uns zusammentun, dachte ich, meine Hand begann zu zittern, und eine Erdbeere, die ich nicht tief genug auf die Zinken der Kuchengabel gespießt hatte, fiel unter den Tisch. Ich sagte, *Entschuldigung*, bückte mich und suchte sie zwischen den Tischbeinen und unseren Füßen, Fe war noch barfuß, Anatol hatte seine Schuhe ausgezogen. Eine Tram fuhr unten durch die Straße, der Boden vibrierte, wir hörten ein scharrendes Geräusch an der Außenwand und kurze Zeit später einen Aufprall auf dem Bürgersteig. *Wieder ein Stück Putz von der Fassade gefallen*, sagte Fe, *das Vorderhaus wird bald nackt an der Straße stehen*. Sie hielt die Unterhaltung in Gang, versuchte, die Pausen zwischen Anatols Erzählabschnitten zu füllen. Ich sagte nur einmal etwas sehr Allgemeines über Erdbeeren, *mein Vater bunkert tiefgefrorene Erdbeeren beutelweise in der Tiefkühltruhe, um immer wieder frische Marmelade kochen zu können*, und fügte hinzu, was ich immer sagte, wenn ich Erdbeeren aß, *Erdbeeren erinnern mich an Erdbeermarmelade*, wobei ich, vielleicht zu diesem Zeitpunkt zum erstenmal, daran dachte, daß ich mich in all den Bonner Jahren für jemanden, der so war wie Fe, der mir so ähnlich war, wie sie mir war, nie interessiert hatte, sie hätte, wenn nicht meine Schwester, mindestens meine Cousine sein können. Ich entschuldigte mich noch einmal und ging ins Badezimmer. Früher, fiel mir ein, bohrte ich in solchen Momenten mit der Nagelschere Löcher in das Fensterbrett und schmierte sie, damit meine Mutter sie nicht sah, später mit weißer Zahnpasta wieder zu, manchmal schnitt ich mir auch kleine Löcher in die Haut oder in die Hose oder bohrte in meinem Zimmer Löcher durch die Weltkarte, die auf der Schreibplatte klebte. In diesem Badezimmer, in dem ich Anatols Stimme durch die dünne Wand zur Küche hörte, ließ sich nicht einmal die Tür verriegeln, es gab weder einen Schlüssel noch einen Sturmhaken, und ich erinnerte mich, daß wir einmal, weil es sich so ergeben hatte, zu dritt in die polnische Kneipe an der Schlesischen Straße gegangen waren und Anatol nach einem Schluck Wodka einen Magenkrampf bekommen hatte. An dem Abend trug er,

der sonst so selten Kleidungsfehler machte und nirgendwo, wenn er es nicht wollte, als Ostler erkannt
wurde, seine Hemdkragen über dem am Hals eng geschlossenen Pullover und sah aus wie der kleine Bruder,
den Fe gar nicht hatte. An manchen Tagen sagte sie, sie
werde ihn nie verlassen, sie wolle alt mit ihm und ihrem
Forschungsvorhaben werden, tags darauf wollte sie ausziehen und sich wieder eine Wohnung im Westen
suchen. Erinnerte ich sie am übernächsten Tag daran,
sagte sie, Entweder-Oder sei nichts als Erpressung, fing
aber an zu überlegen, wohin wir zusammen in Urlaub
fahren könnten. Ich setzte mich auf den Rand der
Badewanne, die noch naß war, zählte die Shampoo-
flaschen und entdeckte meine Rasierschaummarke.
Der Gedanke, daß es Anatols und nicht ihr Rasier-
schaum sein könnte, den sie für die Rasur der Beine
benutzte, kam mir nicht in den Sinn. Halb unter dem
Waschbecken verborgen stand die Waschmaschine, die
große Waschmitteltonne daneben war mit Geschenk-
papier beklebt. Einen Spiegelschrank gab es nicht, hier
lag alles offen: Pflegemittel für Kontaktlinsen, Nagel-
scheren, Wattestäbchen, Lippenstifte, Reinigungsmilch,
Körperlotion, Camelia und o. b.-normal, *Kultur ist eine
Sammlung von Kleinigkeiten*, sagte Fe, auch der Betrug
gehöre dazu. Vielleicht gab es mich in ihrem Leben nur,
weil das Leben mit Anatol allein zu langweilig war oder
weil Leben als Feldforschung nicht jeden Abend funktionierte. Ich fragte mich, was sie sich zu erzählen hatten, denn er wußte doch nichts von Kinderschokolade,
die später, nach der Kindheit, so ungenießbar süß
schmecken kann, er kannte den grinsenden Jungen

von der Zwiebacktüte nicht, Anatol war kein Nutella-kind, hatte kein Markenleben geführt, wußte nichts von dem Glaubenskrieg Adidas gegen Puma und den Ungläubigen, die Schuhe mit zwei oder vier Streifen trugen, und nichts von den Grundschulkämpfen Geha gegen Pelikano, von Bekenntnissen, die wichtiger waren als die, die auf dem Zeugnis standen. Für ihre Ethnologie des Ostens wollte Fe all das festhalten, sie schrieb alle Unterschiede auf, jedes kleine Mißverständnis, jede Streiterei über Gurken, Milchtüten auf dem Tisch, Schuhe vor der Wohnungstür, Gespräche über Wörter wie *Fahrerlaubnis* oder *Auslegeware*, sie notierte, was passierte, Fe wollte ein Buch über den Osten schreiben, sagte sie, ein Buch über die Erfindung der DDR oder wie erst jetzt die DDR entstehe. Anatols Entdeckung des Westens verfolgte sie mit ihrem roten und ihrem schwarzen Notizbuch und ihrem Zauber-stab, der nichts anderes als ein Bleistift war, immer besorgt, ihr könne der entscheidende Moment seiner Verwandlung entgehen. *Wir leben in einer Zeit des Über-gangs*, sagte sie, ihr Leben sei Feldforschung und beider Zusammenwohnen ein Experiment, weshalb sie es gerne aushalte, daß er nie *Zornflakes* sage. Sie sah auch über seine Bildungslücken in Sachen Packungsrücken hinweg, registrierte seine Waschmittelstudien und seine allgemeine und vergleichende Warenkunde, ver-zichtete jedoch nicht auf ihre eigene Shampoosamm-lung, die ich im Badezimmer bewundern konnte. Ich zählte die Flaschen auf dem Rand der Klauenwanne noch einmal, sah zwei Sorten Guhl, Nivea für normales Haar und L'Oréal Vital Ginkgo und schaute nach den

Kämmen und Bürsten. Ich hatte keine Lust, in die Küche zurückzugehen, ich hatte auch keine Lust mehr auf Dreiecksgeschichten und Verstellungen, gern hätte ich mit meinem Bruder gesprochen, eine Art Plötzlichkeitstelephonat geführt und ihn gefragt, was ich tun solle. Dabei wußte ich, daß auch er, wenn ich ihn in Singapur, oder wo er damals arbeitete, erreicht hätte, nichts anderes hätte sagen können als *such dir doch mal eine ganz einfache Geschichte.* Doch statt der Stimme meines Bruders hörte ich Anatol durch die dünne Wand, die Küche und Bad trennte, und betrachtete den Badeofen, den man, Fe hatte oft genug davon gesprochen, sieben oder acht Stunden bevor man in heißem Wasser baden wollte, anzünden mußte. Ich verließ das Badezimmer und bald darauf die Wohnung. Die Dachdecker gegenüber hatten aufgehört zu arbeiten, und ich ging, trotz meiner neuen Schuhe, zu Fuß die Warschauer Straße hinunter. Ich überquerte die Warschauer Brücke, die über die S- und Fernbahngleise führt und auf die Mauer stieß, die damals von der falschen, der östlichen, Seite bemalt war. Hinter der Mauer fließt die Spree, dachte ich, ich sah *Honecker küßt Breschnew* auf den Beton gepinselt und stellte mir vor, vielleicht küßt Fe nun Anatol, eine ihrer Versöhnungszeremonien mit einer Flasche Wein auf dem Balkon, eine Tröstung – aber ich war nicht eifersüchtig genug, mir das bunt genug auszumalen. Ich setzte einen Fuß vor den anderen und ging an dem vom Krieg freigelegten, rostigen Eisenskelett des U-Bahnhofs Warschauer Straße vorbei, der seine Haut aus Glas noch nicht zurückbekommen hatte, meine Schuhe wurden mit jedem Schritt bequemer. Die Oberbaumbrücke war noch nicht wieder für den Verkehr geöffnet, das Wasser floß über die in den letzten Kriegstagen versenkten Turmspitzen hinweg, ein kleines Stück flußabwärts führte die Behelfsbrücke für Fußgänger und Fahrrad-fahrer auf die Kreuzberger Seite. Flüsse sind Heraus-forderungen für Brückenbauer, steht die Brücke, ist der Fluß bald vergessen, dachte ich und blieb in der Mitte des Steges stehen. Der Fernsehturm stach wie eine rot-weiß gestreifte Plattennadel in den Märchenhimmel, an dem getupft gemalte Wölkchen hingen, zwei Spree-kähne pflügten dicht hintereinander durchs braune Wasser und zogen Strudelfurchen und Wellenfächer hinter sich her. Das Gewicht der Ladung bestimmt die Eintauchtiefe, dachte ich und kam auf den Gedanken, mein Portemonnaie, das mich schon länger in meiner vorderen Hosentasche drückte, über das Brückengelän-der ins Wasser zu werfen, mein Geld, meine Ausweise und die Eurochequekarte würde ich loswerden, und auch die Visitenkarten meiner Eltern, auf die mit einer Bleistifthandschrift *Im Notfall bitte benachrichtigen* geschrieben war, würden in die Spree fallen und sich langsam auflösen, stellte ich mir vor, das Wasser würde sich nach einem Plumps, einer Kreiswelle und zwei oder drei Blasen mit einem glucksenden Geräusch, das wie Vorfreude klingen könnte, wieder über meinem Portemonnaie schließen. Ich hätte in diesem Augen-blick gern noch sehr viel mehr weggeworfen, und einen Moment lang beneidete ich Anatol und alle anderen Ostler dafür, daß um sie herum so viel kaputtgegangen und verschwunden war, und vielleicht ärgerte ich mich, daß bei uns, auf unserer Seite, alles blieb, wie es war. Trotzdem warf ich mein Portemonnaie nicht in die Spree, die unter dem eisernen Steg hindurchfloß, und warf auch mich, woran ich kurz dachte, nicht hinterher. Ich sah auf die Strömung, die so tat, als wisse sie, wo sie hinwolle, und behielt mein Portemonnaie, das Geschenk meiner Tante, die, was ich immer vergessen wollte, die Frau meines Vaters geworden war, in der Hosentasche, ich spürte es bei jedem Schritt, den ich in Richtung westliches Ufer machte. Ich kam bald zu dem Mercedes, den ich am Gröbenufer geparkt hatte, weil ich mich mit ihm nicht mehr nach Friedrichshain traute. Ich öffnete die Tür, stieg ein, zog sie zu und startete den Wagen. Sobald ich meine rechte Hand am Lenkrad nicht mehr brauchte, legte ich sie so, wie ich es von meinem Bruder kannte, auf der Handbremse ab. Machte ich ihn, oder nur eine seiner Gesten, das Zittern seines Handgelenks auf dem Schaltknüppel etwa, nach, konnte es passieren, daß ich seine Stimme hörte, *wir können gegen eine Mauer oder ins Wasser fahren*, hörte ich sie sagen, *die Fenster herunterkurbeln und mit dem Auto sinken*. In der Zeit, als wir zusammen unterwegs waren, spielten wir Todesarten durch, *immer eine Spritze mit Kanüle dabeihaben und kleine Luftblasen in die Blutbahn Richtung Herzkammer schicken, einen Fön in die Badewanne fallen lassen, den Kopf in den Gasherd schieben,* hörte ich mich antworten, und mein Bruder sagte, *ihr habt doch gar keinen Gasherd.* Ich wendete den Wagen, fuhr vor bis zur Skalitzer Straße und verlor die Stimme meines Bruders aus dem Ohr. Ich sah in den rechten Außenspiegel, der wie ein kleiner Tunnel nach hinten reichte, und verliebte mich in die Vorstellung, das Auto sei ein großer rollender Tonkopf, der auf Kopfsteinpflaster und asphaltierten Straßen nach Laufgeräuschen suchen müsse, ich legte eine Kassette ein, *and if a ten ton truck crashes into us / to die by your side is such a heavenly way to die*, und summte mit. Das war die Begleitmusik eines Unglücks, das es gar nicht gab, dachte ich, wem ging es damals, als ich neben meinem Bruder durch die Gegend fuhr, besser als uns, hätte ich mich fragen können, doch die Platte in meinem Kopf drehte sich immer weiter, *coming of age in trizonesia*, hatte Fe gesagt, als ich ihr von jener Zeit erzählte, sie nannte uns *Argonauten des westlichen Rheinlands*, ich wiederum verriet ihr die Namen all unserer Inseln: Graurheindorf, Ober- und Niederdollendorf, Dottendorf, Muffendorf, St. Augustin-Mülldorf, dazwischen Autobahnen, Autobahnzubringer, Autobahnkreuze und Brücken, die Nord- und die Südbrücke, die Ernst-Reuter- und die Kennedybrücke in der Flußlandschaft. *Man müßte alles aufnehmen, jeden Augenblick festhalten und irgendwann gegen einen Brückenpfeiler fahren*, sagte ich zu meinem Bruder, *und dabei ‹to die by your side, the pleasure and privilege is mine› singen*, antwortete er, *man könnte sich auch ein Stück hinter dem Bahnübergang auf die Schienen legen und, kurz bevor der Zug kommt, die Schienen singen hören, oder man könnte sich auf den Asphalt legen und warten, bis man überfahren wird.* Man könnte eine Wasserleiche spielen, der die Sonne durch die geschlossenen Lider scheint, man könnte ins Wasser gehen und, wenn kein Grund mehr da ist, ein paar Stöße schwimmen, die Kleider vollsaugen lassen, sinken und sich die Pulsadern aufschneiden, dachte ich, während ich beide Hände am Lenkrad hatte und meinen Bruder, dem es auch an praktischem Wissen nicht mangelte, sagen hörte, *am Puls immer längs schneiden, nie quer, wer quer schneidet, ritzt sich nur an*. Ich suchte in der Mulde auf dem Wellentunnel zwischen Kaugummis, Bonbonpapieren und Werbezetteln nach einer anderen Kassette, ich hatte keine Lust mehr auf *The Smiths* und ihre Regenjackentraurigkeit und ärgerte mich über den ganzen Abfall, mit dem ich das Auto, das ich doch verkaufen sollte, in ein paar Monaten zugemüllt hatte. Ich ärgerte mich über die leeren Flaschen hinter den Sitzen und über die Tüten mit alter Wäsche, die ich im Kofferraum herumkutschierte, es war ein Wunder, daß es noch nicht bis in den Wagen müffelte. Vielleicht hätte das den Geruch meiner Mutter, den der Wagen, allem Lüften zum Trotz, behalten hatte, endgültig verdrängt. *Schlampenauto*, hätte sie gesagt, *Schlampenauto*, sagte ich zu mir selbst, weil ich mich nun auch über die Zeitungen aufregte, die im Fußraum vor dem Beifahrersitz hin und her rutschten, *saug doch das Auto aus, wisch bitte den Staub vom Armaturenbrett, schlag die Fußmatten aus, putz die Windschutzscheibe auch von innen und vergiß nicht die Rückbank*, hörte ich meine Mutter wie eine Radiostimme aus den Lautsprechern über der Rückbank zu mir sprechen. Heute wäscht nur noch der Regen das Auto, dachte ich, und statt durch die Windschutzscheibe hindurchzusehen, schaute ich auf den Insektenfilm, der sich auf ihr niedergeschlagen hatte. An der roten Ampel am Schlesischen Tor zog ich zwei- oder dreimal an dem Hebel, der Scheibenwaschmittel auf die Windschutzscheibe spritzte, und von der Welt war nichts mehr zu sehen – als hätte sich eine Plastikfolie vor meine Augen gezogen, als wäre ich ohne Taucherbrille unter Wasser getaucht. Ich legte meine rechte Hand auf den Beifahrersitz, auf dem sonst Fe, die nicht Auto fahren konnte, saß; nach und nach wischte der strampelnde Scheibenwischer den Blick wieder frei. An der Fußgängerampel stand die Frau mit den dunklen Locken und dem roten Mund, mit der ich Anatol im Kino gesehen hatte. Ich zog die Sonnenblende herunter und drückte mich weit zurück in den Autositz, in einem Mercedes mit Bonner Kennzeichen wollte ich nicht gesehen werden. Die Scheibenwischerlippe radierte noch einmal über das Glas, die Reinigungsflüssigkeit verschmierte. Mit den Fingern formte ich eine Pistole, zielte durch das Fenster und feuerte auf Verkehrsschilder und Passanten, als es grün wurde, gab ich Gas. Ich ließ die Abzweigung Oranienstraße rechts liegen und hörte die Hochbahn über mir auf ihren Gleisen rattern, sah kurz in den Rückspiegel, die Straße hinter mir war leer, vielleicht schaute ich einen Augenblick zu lang in den Rückspiegel und überlegte, wie weit man mit geschlossenen Augen fahren kann, einmal zwinkern zehn Meter, zweimal zwinkern zwanzig Meter, ich wechselte auf die linke Spur der Skalitzer Straße, erinnerte mich, daß ich hier einmal versucht hatte, bei einer Demonstration dabeizusein, dann sah ich mich zwischen Kuchenstücken auf der Rückbank, vielleicht vergaß ich, daß ich hinter dem Steuer saß und das Lenkrad bewegen mußte, ich wollte bremsen, trat das Gaspedal durch, verlor die Kontrolle über den Wagen und fuhr kurz vor dem Kottbusser Tor gegen einen der alten Hochbahnpfeiler aus Stahl. *Gegen eine Mauer oder ins Wasser fahren,* hörte ich noch einmal, vielleicht kommt die Stimme auch aus der Umkleidekabine nebenan oder aus den versteckten Lautsprechern, dachte ich und sah wieder an meiner Hose, die ich eigentlich ausziehen wollte, hinunter. Ich zählte die Falten im Stoff und die Schatten, die sie warfen, und dachte einen kurzen, sehr kurzen Augenblick, ich könnte auch mein Hemd und meine Unterhose ausziehen, in Socken auf die Straße hinauslaufen und jedem Menschen irgendein Wort, so laut ich könnte, ins Ohr brüllen, denn möglich war es ja, daß ich bei dem Aufprall oder in der langen, unendlich langen Zehntelsekunde davor, in der ich wartete und wartete und mich fragte, warum der Pfeiler nicht näher komme, verrückt geworden bin, sonderbarer zumindest, *vielleicht bin ich gestorben, und alle anderen leben weiter,* hatte ich zu sagen versucht, als ich am Unfallort zu mir kam, da lag mein Kopf, als gehöre er nicht mehr zu mir, auf dem Kissen des Luftbeutels, der mir aus dem Lenkrad entgegengesprungen war. In meinem Gesicht wurde es warm und feucht, und es dauerte, bis ich begriff, daß mir Blut aus der Nase lief, ich hörte eine Stimme, und erst beim zweiten oder dritten Satz bemerkte ich, daß der Polizist, der mit seinem Kollegen aus dem Einsatzwagen gestiegen war, mit mir sprach, er sagte, *na, nun wollen wir mal aussteigen, Sie können doch aussteigen, oder können Sie sich nicht bewegen?* Ich hob meinen Kopf von dem blutverschmierten Airbagkissen, der Wagen stand gegen die Fahrtrichtung zwischen zwei Hochbahnpfeilern eingeklemmt, überall, auch auf meinem Schoß, lagen die Scherben der zersplitterten Fensterscheiben und glitzerten wie kleine Edelsteine. Die Beifahrertür war bis zur Handbremse auf der Mittelkonsole eingebeult, meinen Führerschein und die Wagenpapiere, die die Polizisten natürlich sehen wollten, konnte ich nicht einfach aus dem Handschuhfach herausnehmen. Hätte Fe im Wagen gesessen, wäre sie tot, dachte ich und kletterte, ich wußte nicht, wie, durch das zerbrochene Fenster der Fahrertür, da sie sich nicht mehr öffnen ließ. Von dem kleineren der beiden Polizisten hörte ich immer wieder die Frage, *was haben Sie denn genommen*, und Sätze wie, *Sie können uns auch gleich sagen, was Sie genommen haben, ich sag mal, es wäre besser, wenn Sie gleich sagen würden, was Sie genommen haben*. Ich antwortete, *ich erinnere mich nicht, ich habe nichts genommen und auch nicht getrunken*, vielleicht erzählte ich den Polizisten auch irgendeine Geschichte, am Ende von meinen Schuhen, sagte, ich sei mit meinen glatten Sohlen vom Bremspedal abgerutscht, *wissen Sie, Marmelade im Schuh, und aus Versehen aufs Gaspedal getreten*, oder ich sagte, wobei ich mir ein Taschentuch unter die Nase hielt, *wissen Sie, meine Mutter hat immer Autofahrerschuhe in ihrem Wagen, Pedalarbeit macht die Absätze kaputt, und meine Großmutter fuhr, sie hatte da ihre Prinzipien, nur mit Handschuhen Auto*. Vielleicht dachte ich auch, daß ich Lust gehabt hatte, das Auto meiner Mutter kaputtzufahren, sagte es aber nicht, irgend etwas in mir zischte, *halt den Mund, halt doch bitte den Mund*. Im Krankenhaus nahm man mir Blut ab, ich mußte auf der Linie gehen und die ausgestreckten Zeigefinger vor meinem Gesicht so aufeinander zubewegen, daß sie sich trafen, bevor ich ohne meinen Führerschein nach Hause durfte. Die Schuhe, die Hose und den Pullover zog ich gleich hinter der Wohnungstür aus und ließ sie, das Blut war schon getrocknet, im Flur liegen. Ich ging ins Badezimmer und setzte mich in die Badewanne, drehte das Wasser auf und duschte mich im Sitzen. Auf einmal war ich mir nicht mehr so sicher, nichts getrunken zu haben, konnte ja sein, daß ich, bevor ich ins Auto stieg, in der Kneipe mit dem polnischen Namen in der Schlesischen Straße etwas getrunken hatte und mir der Blick durch die Windschutzscheibe wodkavernebelt war. Für Sekunden schlief ich in der Badewanne ein, wachte wieder auf und wunderte mich, wieso mir das kalte Wasser nichts ausmachte, das aus dem Brausekopf auf mich herabtröpfelte. Fließend warmes Wasser hatte ich, soviel ich wollte, im Westen kommt es aus der Leitung, dachte ich, drehte das Heißwasser auf, ließ es eine Weile laufen und putzte mir die Blutverkrustungen aus meinen Nasenlöchern. Dann kletterte ich aus der Wanne, wickelte mich in ein großes Badetuch und ging zum Kühlschrank. Ich goß mir Milch in ein Glas und rief den Anrufbeantworter meiner Mutter an, ich hinterließ ihr die Nachricht, daß ich ihr Auto zu Schrott gefahren hätte, sagte, *dein Auto ist leider kaputtgegangen, mir geht es gut.* Und weil ich sonst nichts zu essen fand, öffnete ich ein Glas Johannisbeermarmelade, setzte mich auf meine Telephonbücher und löffelte mir die Marmelade direkt in den Mund. Am nächsten Morgen weckte mich meine Mutter mit ihrem Rückruf. Sie hörte an meiner Stimme, daß ich noch geschlafen hatte, fragte ihr übliches *habe ich dich geweckt* und sagte, nachdem ich grummelnd geantwortet hatte, *du solltest das Auto eigentlich verkaufen, nicht verschrotten. Vielleicht ist die Deckungsfrist noch nicht abgelaufen, ich habe die Vollkaskoversicherung ja gerade erst gekündigt.* Ob ich mich verletzt hätte, war ihre nächste Frage, *Auto fährst du wie dein Vater, völlig unkonzentriert,* sagte sie, kurz bevor sie auflegte, und wiederholte meinen Namen einige Male hintereinander, als wolle sie hören, ob ich noch da war, dann verschmolz das Wiederholte zu einem einzigen Wort, das mir aus dem Telephonhörer in die Ohrmuschel tropfte, in der ich noch Glassplitter fand, und als ich mich kämmte, rieselte es aus meinem Haar. Dann klingelte wieder das Telephon, Fe, die, hätte sie auf dem Beifahrersitz gesessen, tot gewesen wäre, rief aus einer Telephonzelle auf der Warschauer Straße an und wollte sich mit mir verabreden. Sie fing an zu erzählen, was sie geträumt hatte, während ich mit meinem kleinen Finger in dem Gehörgang des Ohres, das nicht vom Hörer verdeckt war, nach weiteren klitzekleinen Splitterchen suchte. Als sie mich fragte, ob auch ich mich an einen Traum erinnern würde, erzählte ich ihr von meinem Unfall und sagte, *wir werden mit dem Zug nach Köln fahren müssen, das Auto ist kaputt.* Das Wrack, das ich für etwas mehr als den Schrottwert verkaufte, wurde abgeschleppt, für den Schaden an den Hochbahnpfeilern kam die Haftpflichtversicherung auf, der Totalschaden des Wagens war nicht mehr gedeckt, zwei Tage vor dem Unfall war der Vollkaskoschutz abgelaufen. Die Hose brachte ich in die Reinigung, kurz vor unserer Abreise nach Köln holte ich sie wieder ab, sie hing unter einer Schutzhülle aus Klarsichtfolie auf einem Bügel. Fünf oder sechs Tage nach dem Unfall, ich hatte die nachtblaue Hose wieder an, trafen Fe und ich uns am Bahnhof Zoo. Anatol, unser unsichtbarer Dritter, brachte sie bis zum Bahnsteig, wir grüßten uns aus sicherer Entfernung. Er wartete nicht, bis der Zug abfuhr, und ersparte Fe und mir gemeinsames Winken durch die Fensterscheibe. Von Braunschweig bis Wuppertal saßen wir an einem großen Tisch im Speisewagen und machten es uns auf den Sitzbankpolstern mit dem alten orangebraunen Samtstreifenmuster bequem. Fe legte mir ihren, ich legte ihr meinen Fuß zwischen die Beine, wir sahen aus dem Fenster, tranken Kaffee und aßen Blechapfelkuchen, der leicht aufgetaut schmeckte. Irgendwann wechselten wir in die Zugtoilette, in der viel weniger Platz war als in der Umkleidekabine, wo ich seit geraumer Zeit, ich wußte schon nicht mehr, wie lange, auf der schmalen Bank vor dem Spiegel saß und mich gegen die Wand aus Glasbausteinen lehnte. Einen Fuß auf dem Boden, den anderen noch im Schuh, hing mir die Hose nach wie vor über den Knien. Ich wußte nicht, was mich so lange an dieser so unendlich oft geübten Bewegung, die *eine Hose ausziehen* hieß, hinderte. Fe, die draußen im Laden noch immer nach einem Rock oder einem Oberteil suchte, würde in ihr Notizbuch schreiben, *wir erleben einen Übergang und sein Ritual.* Ich bückte mich und zog den zweiten Schuh einfach aus, zögerte nicht länger, stand auf, streifte die Hosenbeine über die Fersen, schob die Schuhe mit einem Fuß zur Seite, drehte mich zu der weißen Wand mit den Haken und hängte meine

Hose in dem Gefühl, mir ein Stück Haut abgezogen zu haben, an die Kabinenwand. Der kaputte Reißverschluß nahm keine Hand vor den Mund, er gähnte mich an, *alle deine Pferdchen laufen raus*, hätte mein Bruder gesagt. Neben der neuen, frischgebügelten sah meine nachtblaue Hose alt aus; wie ein aufblasbares Badetier, das alle Luft verloren hat, hing sie an der Wand, eine abgezogene Haut, eine ausgedrückte Leberwursthülle, dachte ich, ohne Füllung, gealtert und geschrumpelt. Ich sah die Sitzfalten in der Leistenbeuge, die sich in den letzten Monaten eingesessen hatten, kleine Wülste, die wie Speckröllchen quer auf der Oberschenkelpartie lagen, ich könnte sie in Gips ausgießen, dachte ich und betastete die eingetrockneten Reste der Marmelade, mit der ich den Stoff beim Frühstück bekleckert hatte. Die Hose sah nicht mehr aus wie damals, als meine Mutter sie mir gekauft hatte und ich sie neu, wie sie war, in einer Tüte durch Kensington trug. Meine Mutter war an diesem Tag aus irgendeinem nur ihr bekannten Grund nicht sonderlich gut gelaunt gewesen, wahrscheinlich war ein Vertrag, den sie vorbereitet hatte, nicht zum Abschluß gekommen, eine ihrer Analysen nicht richtig gewesen oder eine Übernahme, auf die sie gesetzt hatte, gescheitert. Sie war verärgert auf eine Art, die sie nicht an mir auslassen mußte, im Gegenteil, *wütend kaufe ich am besten ein*, sagte sie und suchte mir ein Hemd und ein T-Shirt von Paul Smith zu der nachtblauen Hose. Sie erzählte mir von der Unberechenbarkeit der Märkte in Asien und den Aussichten der ost- und südostasiatischen Finanzplätze, von Shanghai, Seoul und Singapur, hielt einen kleinen Vortrag über die Welt, in der mein

Bruder, der Lieblingsneffe meiner Mutter, inzwischen arbeitete, *thank you for your lecture*, dachte ich, zog den Vorhang zurück und trat zur Musterung aus der Kabine. *Zeig mal den Bund, geh in die Knie, zieh die Schuhe dazu an, zier dich nicht so*, sagte meine Mutter und prüfte den Spielraum am Bund, *streck den Bauch raus, paßt die Länge* – wir spielten das alte Anprobierspiel, immer war ich die Puppe, die eingekleidet wurde, meine Mutter klärte mich über die Qualität der englischen Stoffe auf, sprach vom doppelten Zwirn, spulte die Geschichte der englischen Textilindustrie ab und erläuterte die Rolle der Baumwolle, sie hatte ihr Ohr gefunden. Ich hörte ihr zu, bis ich sie, das war dann noch einmal so wie sehr viel früher, *die nehmen wir* sagen hörte, wobei es ihr gelang, diese Kaufentscheidung auf eine Weise auszusprechen, die mir das Gefühl gab, ich hätte sie selbst getroffen. Ich allein, fiel mir nun in dieser Kölner Umkleidekabine ein, konnte mich selten entscheiden, Abschnitte zu machen, etwas für beendet zu erklären, fiel mir schwer, nie wollte ich nur ein Stück vom Kuchen. Vielleicht war das schon so, als ich sonntags mit meinem Vater in der Konditorei stand und mir vor der großen Kuchenvitrine, aus der die runden Torten mich wie angeschnittene Großfischaugen anstarrten, ein Stück aussuchen sollte. Hinter der Vitrine, auf der ich mich halb gespiegelt sehen konnte, warteten die Frauen mit langen Tortenmessern. Mein Vater sagte immer bloß, *zweimal Apfelstrudel, zweimal Schlagsahne, einmal Himbeer*, dann wartete er auf die Formulierung meines Wunsches, die ich nicht zustande brachte. Eine der Frauen hinter der Kuchentheke wartete, mein Vater wartete und sagte schließlich – ich wußte, daß er das nur aufmunternd meinte – das Wort *Entscheidung* auf eine Art, die nicht zu seiner gewohnten Stimme paßte, weil sich in ihren Ton eine militärische Schneidigkeit mischte, die von der Vorsilbe nichts übrigließ und das Wort in eine einzige, kurzgebogene Zischsilbe zusammenzog. Die Hand mit den rotlackierten Fingernägeln hielt den Messergriff umklammert, die Klinge wippte hin und her. Wenn ich die Torten lange genug ansah, zeigten sie mir Uhrzeiten zwischen zehn nach zehn und Viertel vor sieben, auf dem Papptablett warteten die Kuchenstücke meiner Eltern, wenn es sie gab, auch Linzer Torte oder Beerenfrüchte, *fruits of the forest*, wie meine Mutter sagte, manchmal senkte sich die Spitze des Tortenmessers Richtung Becken, zerschnitt die Wasseroberfläche, tauchte ein und wieder auf und wippte frischbefeuchtet weiter. Wie gern hätte ich mit einem Tortenmesser in der Hand zwischen den Frauen gestanden, vielleicht hätte ich hin und wieder einen Kunden, der zu zögerlich oder nörgelnd vor der Vitrine stand, mit dem Kuchenmesser angeschnitten. Zu guter Letzt, so ging es fast jeden Sonntag, zeigte ich auf irgendein Tortenstück, das zu Hause dann zu groß auf meinem Teller lag und oft nicht einmal schmeckte, weshalb mein Vater mir meist einen seiner Apfelstrudelstreifen überließ. Meine Eltern konnten sich auch am Kaffeetisch streiten, strittig war, ob Linzer Torte nun flach und fest oder hoch und weich sein müsse und ob Johannisbeer-, Himbeer- oder Pflaumenmarmelade unter das Gitternetz gehöre. Meine Mutter ermahnte mich, wenn ich in meinen Kuchenstücken herumstocherte, sie sagte, *treib die Tortengeologie nicht zu weit*, und sah es auch nicht gern, wenn ich die Tortenstücke von oben nach unten statt von der Spitze her aß und mit der breiteren, linken Zinke der Kuchengabel durch die Tortenböden blätterte. Wenn ich auf die Tischdecke krümelte, fiel mir Frau Ops' Warnung wieder ein, sie werde mich eines Tages durch die Mangel drehen und als gemusterte Tischdecke auf den Kaffeetisch legen. So waren Sonn- und Feiertag, dachte ich und sah auf meine nackten Beine, auf denen mein Unfall einen Ozean blauer Flecke hinterlassen hatte. Meine nacht-blaue Hose hing vor der weißen Wand, ich sah ihr an, daß ich sie oft getragen hatte. Am Schlag, ein Stoßband fehlte, hingen Fäden heraus, und der Rand der Vorder-taschen war aufgerauht. Über dem Hintern hatte der Stoff sich glänzend und immer dünner gerieben, Stoff wird, wie die Haut, mit der Zeit immer dünner, dachte ich, und mich überkam die plötzliche Lust, die Hose in die Altkleidersammlung oder, noch besser, gleich in den nächsten Mülleimer zu werfen, wie den Mantel, den ich als Kind in die Mülltonne geworfen hatte, weil er mir eines Tages nicht mehr gefiel. Ich hatte keine Lust mehr auf die Wülste der Sitzfalten, die sich zu Zeichnungen zusammensetzen konnten, Trugbildern wie denen, die ich vor Urzeiten nachts in meinem Kinderzimmer gesehen hatte, wenn sich im Licht der Straßenlaterne, das durch den Vorhang fiel, der auf-getürmte Schmutzwäscheberg auf meinem Schreib-tischstuhl in eine riesige alte Frau verwandelte, die unter ihrer altmodischen Haube anstelle eines Gesichts nur eine riesige, schwarze, verschrumpelte Backpflaume auf ihrem Halsstumpf trug. Sie blieb ruhig neben meinem Bett sitzen, sie sagte kein Wort und ließ sich nicht verscheuchen, erst wenn ich das Licht wieder anmachte, verschwand sie. Ich sah mich halbnackt im Spiegel einer Umkleidekabine, sah mein leeres Gesicht, ausdruckslos, irgendwo zwischen Langeweile und Traurigkeit, ich sah auf meine nachtblaue Hose, der Vorhang fällt, *call the curtain*, Kasperletheater, Marionettentheaterende, ich bin die Puppe, die an- und ausgezogen wird, komisch, dachte ich, daß die Fäden, an denen Arme, Beine und alle meine Bewegungen hängen, immer unsichtbar bleiben und sich nicht verknoten, vielleicht habe ich bloß zuviel gegessen, dachte ich, ich treibe, ich sinke, ich sollte mit vollem Magen nicht schwimmen gehen. Ich griff nach dem Saum meiner Hose wie nach einer Schwimmweste, Hosenstoff reibt sich ab, wird immer dünner und sitzt sich durch, und ich mußte daran denken, daß ich früher, wenn ich mittags allein zu Hause aß, was Frau Ops für mich im Kühlschrank stehengelassen hatte, die Messerklinge, mit der ich eigentlich nur das Fleisch schneiden und die Kartoffeln auf die Gabel schieben sollte, manchmal über den Hosenstoff auf dem Oberschenkel zog. Der Stoff ließ sich immer dünner schaben, wobei ich mir vorstellte, bis hinunter auf die Knochen zu schaben. Hosen, die ich besonders gern mochte, wurden von selbst immer dünner, bei anderen, die mir weniger gefielen oder von innen kratzten, half ich nach, kleine Löcher riß ich immer größer, bis Frau Ops die Opfer meiner Zerstörungswut aussortierte, sie kamen in den Beutel der Altkleidersammlung oder wurden als Putzlappen aufgebraucht. Kaputte Socken zu stopfen hatte meine Mutter ihr verboten, sie sagte zu mir, *das lohnt sich einfach nicht, Arbeitszeit mal Arbeitskosten – rechne dir mal aus, wieviel eine von ihr gestopfte Socke kosten würde.* Meine Mutter kaufte lieber neu, auch sie kauft gern ein, am liebsten, wenn sie nicht so guter Laune ist, wenn sie sich ärgert, trifft sie die besten Kaufentscheidungen, dachte ich und blickte auf meine Socken, die an der Ferse Haut durchschimmern ließen. Unter dem Stoff liegt die Haut, unter der Haut das Fleisch, das Fleisch liegt uneben und gewölbt auf den Knochen, Erinnerungen, die man mit sich herumträgt, eine topographische Karte, ein Relief. Ich hob die Hand und schob die Haut auf meinem Stirnknochen hin und her und zu einem Gebirgszug zusammen, an dem sich Faltenwürfe und Erdbewegungen in Sekundenbruchteilen simulieren ließen, ich setzte ein Gesicht auf, das mich an irgend etwas erinnerte, eine Maske über der Polsterung aus Fett und Fleisch, eine Ähnlichkeit, für die ich nichts kann, dachte ich. Hier und da schauen Haare, die Fäden, die man noch nicht abgeschnitten hat, heraus, ich sah mir selbst ins Gesicht und trat so nah an den Spiegel heran, daß ich jede auf der Haut verteilte Pore erkannte, als hätten tausend Nadeln ein Muster, das ich nicht lesen konnte, in mein Gesicht gestochen. Vom Gesicht bleibt ohne Haut und weiches Fleisch nicht viel, dachte ich wieder, nur ein Totenschädel, Nase, Ohren und Augen verfaulen. Ich öffnete den Mund und versuchte mich anzugrinsen, auch die Zähne bleiben, dachte ich, grinste und sah mich an, bis ich die Mitte meines Gesichts nur noch als Farbfleck sah. Ich kniff die Augen zusammen, mein Umriß verschwamm, ich mache mich ganz flach, ich bin ein Scherenschnitt auf den Glasbausteinen, vielleicht habe ich bloß zuviel gegessen, dachte ich und erinnerte mich daran, daß mein Bruder von Wasserleichen behauptet hatte, irgendwann nach ihrem Absinken würden sie wieder aufsteigen, manchmal so schnell, daß sie weit über die Wasseroberfläche hinausschössen. Wahrscheinlich habe ich zuviel gegessen, vielleicht hätte ich weniger Wein trinken sollen, dachte ich, hörte den Einsatz meines Magens und folgte seiner Verdauungsmelodie durch die Musik, die aus einem irgendwo über mir versteckten Lautsprecher tropfte. Ich will gar nicht mehr wissen, wie ich von innen aussehe, dachte ich, ich habe vielleicht nur zuviel gegessen, zuviel Zitrone, zuviel getrunken, vielleicht war der Fisch vergiftet, vielleicht bin ich auch nur die Halluzination einer Fisch- oder Speiseeisvergiftung, und ich denke mir mich und alles andere nur aus, dachte ich und fühlte mit der Zunge nach der Faser, die mir vom Mittagessen zwischen den Zähnen hängengeblieben war, sie schmeckte nur noch farblos, nach nichts. Ich sah auf die Wand aus Glasbausteinen, auf der ein Schatten lag, und mußte daran denken, daß mein Vater im Winter Plastikkugeln, die so groß wie Pingpongbälle, nur weicher waren, auf den Teich schüttete, damit das Wasser nicht gefror; bevor der Hund starb, hat er die Kügelchen, wie fast alle anderen Bälle, nach und nach zerkaut. Die Fische sind tatsächlich nicht erfroren, sondern in einem Sommer, als es sehr heiß war, in einem Bottich aus Holz, in dem sie auf die Neuabdichtung ihres Beckens warten sollten, erstickt, ich sah sie, einer neben dem anderen, mit dem Bauch nach oben in dem Faß treiben; *sie haben nicht genug Luft bekommen,* sagte mein Vater, und ich las erneut die Aufschrift auf dem kleinen Schild, das in der Umkleidekabine zwischen den Kleiderhaken hing und mich darauf hinwies, daß ich nur drei Teile mit zur Anprobe in die Kabine nehmen dürfe, ich dichtete mir *Fische füttern verboten, Betreten verboten, Eltern haften für ihre Kinder* hinzu und zitierte leise *È pericoloso sporgersi, Ne pas se pencher au dehors* und andere Beschriftungen in Nahverkehrszügen, die jeder kurzen Bahnfahrt zwischen Köln-Deutz, Bad Godesberg und Bad Breisig einen internationalen Anstrich gaben. Ich nahm den Bügel vom Haken und die Hose vom Bügel, legte ihn auf die schmale Bank unter dem Spiegel und stieg gerade mit dem rechten Fuß in das erste Hosenbein, da schob Fe, die sich bis dahin im Laden umgeschaut hatte, ihre Hand durch den Vorhangschlitz, zog ihn ein Stück zur Seite und fragte, *was ist mit der Hose, paßt sie dir,* und trat, ohne eine Antwort abzuwarten, in die Umkleidekabine, die groß genug für uns beide war. Sie hatte eine Hose und einen Rock über dem Arm und legte sie zu dem Bügel auf das Brett unter dem Spiegel. Der Vorhang fiel hinter ihr zurück, sie fing an, sich auszuziehen, und ich sagte, als müßte ich mich entschuldigen, *mir ist der Reißverschluß kaputtgegangen,* wobei ich mir vorkam, als erfinde ich eine Ausrede, obwohl ich nicht einmal wußte, wofür. Fe stieg aus ihren Schuhen, in denen sie keine Strümpfe trug, und öffnete ihre Hose, sie zog sich ungleich schneller aus als ich. Ich roch ihr Parfüm und sah uns nebeneinander im Spiegel, ihre

Haare ein wenig heller, meine dunkler, ihre Haut im Gesicht fast bleich, sie stand barfuß auf dem Kabinenboden. Ihr hellblaues Herrenhemd hing wie ein sehr kurzer, vorne geknöpfter Rock über ihren Oberschenkeln, bei bestimmten Bewegungen gab es einen Blick auf das gebrochene Muster im Stoff ihrer schwarzen Unterhose frei, durch den Schamhaar hindurchschimmerte. Mir fiel ein, daß Fe sich gelegentlich ihre Unterhosen parfümierte. Sie wechselte Stand- und Spielbein, ihre Muskeln zeichneten sich durch die Haut ihrer Oberschenkel, und ich dachte an all ihre Punkte, die tastbaren Leberflecke, die Blindenschrift im Gesicht, am Hals und den Rücken hinunter, ich dachte an alle Sommersprossen, die ich kannte, die ich immer wieder zu zählen versuchte, ohne je auf die gleiche Zahl zu kommen, ich sah auf ihre Beine, die sie sich, wenn sie warmes Wasser hatte, in der Badewanne rasierte, ich sah auch die rauhe Haut auf ihren Kniescheiben und dachte an die Spiele mit Frau Doktor Zimmermann, ihren Haaransatz im Nacken, das Muttermal am Hals und die Narbe, die wie ein kleiner Käfer über der linken Brust saß und von einem frühen Zeckenbiß stammte. Ich dachte an all die Punkte, die ich auswendig wußte, wie die Schrift auf der Haut rund um Fes Augen, und an die Sache mit der Unterhose im Auto, die sie eines Nachmittags nicht wieder anziehen konnte, weil sie auf der Rückbank des Wagens, wir parkten auf einem Parkplatz im Grunewald und warteten einen Gewitterschauer ab, zu naß geworden war. Die Wagenfenster beschlugen, auf einer der Scheiben zeigten sich Fußabdrücke, Fe spürte Kleingeld unter ihrem Rücken, streckte ihre Beine von der Rückbank zwischen den Sitzen nach vorne und erzählte, als Kind habe sie ihre Beine oft bis zum Schaltknüppel geschoben, und ihr Vater, der immer am Steuer gesessen habe, habe sie manchmal unter den Fußsohlen gekitzelt oder ihr im Sommer, wenn sie barfuß gewesen sei, einen Finger in einen der Zehzwischenräume gesteckt. Ihre viel zu feucht gewordene Unterhose steckte sie an diesem Nachmittag, von dem der Rückbank Flecken blieben, schließlich zu den Büchern in ihrem Rucksack. Später fragte ich mich, wie lange die Bücher, deren Signaturen ich nicht kannte, wohl etwas von dem Geruch dieses Nachmittags behalten hatten, ein guter Spürhund müßte sie im offenen Magazin der Bibliothek wiederfinden können, dachte ich und sah auf Fes Füße, ihre nackten Fesseln und die lackierten Zehennägel, die sich erdbeerfarben vom Kabinenboden abhoben, und auf die ein oder zwei blauen Flecken auf ihren Beinen, die angeblich aus der viel zu engen Zugtoilette stammten, in der ich, wie ich nun dachte, die Reißverschluß-zähnchen wahrscheinlich verloren hatte. In all den Jahren in Bonn habe ich mich für jemanden, der mir so ähnlich war wie sie, nie interessiert, vielleicht könnte ich sogar etwas Abgelauschtes, irgendwo Aufgeschnapptes denken, *eigentlich ist sie nicht einmal mein Typ* oder so, aber woher will einer oder soll einer überhaupt wissen, wer wessen Typ sein könnte und zueinander paßt. Immerhin hatten wir uns immer genug zu erzählen, dachte ich und sah uns nebeneinander im Spiegel, betrachtete ihren Cousinenkörper und ahnte womöglich, was mein Vater mit seinem leicht spöttischen *ihr seht euch aber ähnlich* gemeint hatte. Ihre Haare waren heller, meine kürzer, hin und wieder wurden wir für Geschwister gehalten, und zu viert im Spiegel wirkten unsere Beine wie Extremitäten eines Fabelwesens, das auf einem Bild von Hieronymus Bosch spazierengeht. Wir könnten auch eine Hose zu zweit anziehen, einer im linken, einer im rechten Hosenbein, dachte ich und erkannte meine Beine an den blauen Flecken, die sich seit meinem Unfall ins Grünliche verfärbt hatten. Außerdem trug ich, was ich sonst immer zu vermeiden suchte, Socken, aus irgendeinem Grund hatte es mir an diesem Tag Spaß gemacht, eine meiner höchsten Regeln zu verletzen und die Hose vor den Strümpfen auszuziehen. Ich sah auf Fes Unterhose und beobachtete, wie ihre Beine nacheinander in der schwarzen Hose, die sie in die Kabine mitgebracht hatte, verschwanden, ihre rechte Schulter fiel nach vorne und ruckte, als ziehe eine unsichtbare Hand über ihr an den Fäden, wieder gerade. Wenn sie sich auszog, zog Fe fast immer zuerst die Hose aus und behielt ihr Oberteil noch an, wenn sie sich anzog, kehrte sie die Reihenfolge um, nach der Unterhose folgte zuerst Rock oder Hose, dann der BH. Fe schloß nun den Hosenbund und betrachtete sich im Spiegel, während ich mit meinem zweiten Bein in die Hose schlüpfte, die ich schon längst anprobiert haben wollte. Ich wunderte mich, daß eine Angelegenheit, die ich schon so lange aufschob, sich in nur einem Satz zusammenfassen ließ, ich zog den Stoff über die Fußknöchel, am Unterschenkel vorbei, über Schien- und Wadenbein und die Knie hinauf. Fe drehte sich vor dem Spiegel und sagte, *eine passende*

*Hose kann glücklicher als alles andere machen, eine Hose,*
*ein neuer Schuh oder ein Kleid kann ein Leben verändern,*
sie drehte und musterte sich wie eine Primaballerina,
die an einer Ballettstange übt, sie lockerte sich und
wurde von einem Faden, der sich um ihren Hals gelegt
zu haben schien, doch wieder straff angezogen. Die
Perlen der unsichtbaren Perlenkette, die ihre Mutter ihr
um den Hals gelegt hatte, waren weiter angeschwollen,
waren, jedenfalls bildete ich mir etwas Derartiges ein,
groß und schwer wie Murmeln geworden, sie schienen
Abdrücke auf ihrer Haut zu hinterlassen. Fe zupfte an
der Hose, die ihr, wie sie sagte, nicht gefalle, kleinste
Bewegungen können Großes zum Einsturz bringen,
dachte ich und knöpfte zu den Worten *ich mache dir*
*alles nach* die Hose zu, spürte den Stoff auf meinen
Oberschenkeln, die Nähte und das kurze Innenfutter
auf meiner Haut. Und plötzlich kam mir der Verdacht,
daß ich mit den Kleidern und den Dreistreifenschuhen,
die ich mir kaufte, bloß versuchte, mich in die Nähe
meiner Kuchenkindheit in Vichy-Karo zurückzukaufen,
zurück in die Nähe eines Sonntagsgefühls, zurück in
die Zeit vor dem Wochentag, an dem meine Mutter mit
mir einkaufen gegangen war und mir auf den Waschbetonplatten unserer Einfahrt, die gar nicht zu unserem alten Haus paßten, gesagt hatte, *Papa und ich wer-*
*den uns trennen.* Ich spielte mit der Zunge an der Faser,
die zwischen meinem oberen Eck- und dem ersten
Schneidezahn hängengeblieben war, ich hätte mit meinem Fingernagel zwischen den Zähnen bohren müssen, um sie zu entfernen, und ich dachte, ich weiß noch
nicht einmal, was für dieses oder jenes Gefühl in einer

Hose verantwortlich ist, welche Kleinigkeit das Hosengefühl beeinflußt: der hohe Saum, der Schlag, die Falte, der Umschlag, die fehlende oder die tiefe Tasche, das enge oder weite Hosenbein, hat es damit zu tun, wie die Hose fällt, sich der Stoff von außen und von innen anfühlt und wie das Futter aussieht? Jede Hose war anders, weshalb ich mich hin und wieder bei irgendeiner unbeabsichtigten Bewegung – einer Bewegung, die sich im nachhinein selten rekonstruieren ließ – an eine Begebenheit erinnerte, die sich ereignet hatte, als ich eine ganz bestimmte Hose trug. Vielleicht kamen mit dieser unbestimmten, unwiederholbaren Bewegung, bei der es sich auch bloß um eine leichte Drehung handeln konnte, die den Hosenstoff in einer besonderen Weise über die Haut auf meinen Knien zog, ein Tag, ein Moment, eine Stimmung zurück, Gefühle, aus denen ich längst herausgewachsen war. Das dauerte oft nur Sekundenbruchteile, denn mit der nächsten kleinen Bewegung stürzte der wiedergefundene Augenblick oft wieder ab. Meine Konfirmationshose fiel mir wieder ein, zu der mein Vater mich gedrängt hatte, *paßt schon*, hatte er gesagt, ein Zuspruch, der klingen wollte, als verstünde mein Vater etwas davon; jede Hose fühlt sich von innen anders an, dachte ich noch einmal und bewegte mich hin und her, machte einen Viertelschritt auf Fe zu und trat weniger als einen halben Schritt zurück. Zu zweit war es eng in der Kabine. *Was ist denn eigentlich los, was ist denn los mit dir*, hörte ich Fe fragen und wußte nicht, was ich antworten sollte, ich wollte nichts hören, wollte meine Augen schließen, die Welt verschwinden lassen, weg sein, für immer weg sein.

*Vielleicht mußt du dich irgendwann entscheiden*, sagte sie, und ich dachte, gerade du mußt das sagen, und flüchtete mich in das, woran ich mich nur noch durch viele tönende Farbschichten hindurch erinnern konnte: die Sonntagsfahrten mit meinem Vater auf dem Weg in die Konditorei, ich sitze hinten, der Hund liegt vorne, vor dem leeren Beifahrersitz. Und ich dachte, und vielleicht war auch das ein Fluchtgedanke, an die Kinderhosen, die sich ohne nachzudenken anziehen ließen, ich hörte Frau Ops' Stimme mit ihrem *wat haste denn mit deiner Hose gemacht, wo ist dein Mantel, haste den wieder weggeworfen, und warum is denn deine Hose so schmutzig*, zu jedem Flecken mußte ich ihr eine Geschichte erzählen, die ich mir mühsam zusammenstoppelte. Ich dachte an die Blutergüsse auf meinen Beinen, dazwischen Leberflecke und Muttermale, und irgendwie ahnte ich schon, daß Fe diese Gelegenheit ergreifen und sagen würde, *wahrscheinlich passen wir doch nicht so gut zusammen, mit uns beiden, das wird nichts, vielleicht sind wir uns auch zu ähnlich*. Ich war von da an ganz leise, und wenn ich doch etwas sagte, *hmh* und *mhm*, versuchte ich meine Stimme klingen zu lassen, als wäre ich mit allem einverstanden, einfach nur einverstanden. Unsere Vergangenheitsbeschwörung, wir sind zusammen immer jünger geworden, ist zu Ende, dachte ich und spielte mit dem Etikett der neuen Hose, das an einem durchsichtigen Kunststoffaden hing, PVC, nahm ich an. Ich bildete mir ein, daß ich mit der Möglichkeit eines Bruchs und Endes schon länger, schon die ganze Zeit über, seit Wochen, seit ihrem ersten Besuch in meiner Wohnung, ja seit dem Apfelkuchen und den

Krümeln auf Anatols Bett gerechnet hatte. Zusammensein ist auch nur ein Spiel um eine Reihe von Verstellungen herum, ein kürzer oder länger dauerndes Mißverständnis, dachte ich und räusperte mich, um alles Folgende mit sehr sicherer Stimme zu sagen, sagte aber erst einmal nichts, sondern spielte weiter mit dem Etikett, zog an dem reißfesten Faden und erinnerte mich, daß ich neue Hosen früher gefaltet unter mein Kopfkissen gelegt und Etiketten womöglich erst morgens, erst im allerletzten Moment, bevor ich das Haus verließ, abgeschnitten hatte. Und wenn ich neue Schuhe hatte und sie mir gefielen, nahm ich auch sie mit ins Bett, legte sie links und rechts neben mein Kopfkissen, wobei es vorkam, daß ich mit ihnen sprach; in den ersten Tagen überlegte ich auch immer sehr genau, wo ich mit ihnen hintrat, weil ich glaubte, ich müsse sie, die aus dem Schuhgeschäftshimmel Gefallenen, erst ganz langsam an die Erde gewöhnen. Fe und ich hatten Eltern, Zuhause, Kinderzimmer und die Dachschräge, an der noch die Poster hingen, wiedergesehen, wir waren wieder dreizehn, vierzehn, fünfzehn geworden, mir fiel die Geschichte von der Frau ein, die sich in einem ihr fremden Land Lederhosen kauft und dabei beschließt, ihren Ehemann zu verlassen, weil sie ihr eigenes Leben plötzlich wie ausgezogen vor sich sieht, wir haben fast immer nur Vergangenheitsbeschwörung betrieben und uns daran gewärmt, dachte ich, Tischchenrücken unserer Erinnerung gespielt, und plötzlich hatte ich das Gefühl, als könnte auch ich alles auf einmal ausziehen und wegwerfen, Hosengeschichten fielen mir keine mehr ein. Ich sah mich neben Fe im Spiegel, gerade sie, die immer von einem zum anderen schwankte, warf mir Entscheidungsschwäche vor, sie hatte die schwarze Hose wieder ausgezogen, und ich starrte auf die weiße Haut ihrer Beine, ich dachte an das Muttermal an ihrem Hals und die Narbe über ihrer Brust, und obwohl ich sonst vielleicht versucht hätte, sie zu küssen, wußte ich auf einmal nicht, wohin. Als sie sagte, *ich wollte dir davon eigentlich gar nichts sagen, na ja, meine Mutter fragt, ob du nicht zu deinen Eltern fahren oder früher abreisen möchtest, was vielleicht besser wäre,* hörte ich sie kaum. Ich bewegte mich in meiner Hose hin und her und spielte wieder mit dem Faden, drehte das Etikett und ließ es rotieren, ich sah Fe im Spiegel stehen und konnte mir nicht erklären, warum ich ihr Spiegelbild so viel lieber mochte. Der schwarze Strich auf ihrem Nagel war fast ausgewachsen, ich fixierte ihre Hand, den neuen Nagelbogen, Weiß und Rosa setzten sich voneinander ab, ich dachte an all die kleinen Tiere, die Zunge und Frau Doktor Zimmermann, die Lippen in Regenwurmfarbe, den Cousinenkörper, Polypenarme, weiße Haut und die Finger, und ich versuchte, an etwas ganz Einfaches zu denken. *Vielleicht brauche ich gar keine neue Hose,* sagte ich, *ich könnte den Reißverschluß auch flicken lassen,* Fe antwortete, *eine neue Hose kann man immer brauchen, eine neue Hose kann glücklicher als alles andere machen.* Für mich ging es nur noch darum, ob ich nun *ich nehme die Hose* oder eher etwas Unpassenderes wie *ich liebe dich* oder *ich liebe dich nicht mehr* sagen sollte, ich starrte in eine der Glühbirnen, die sich um den Spiegel reihten, bis mir der Lichtpunkt im Auge verschwamm, Fe löste sich in die

Ausschnitte auf, die ich von ihr kannte, schon lange konnte ich mir kein Bild mehr von ihr machen. Ich hörte sie nicht, sah nur noch ihre Lippen, die sich bewegten, sah in ihren Mund hinein, ihre Goldplomben blitzten unter Wasser wie verlorene Dublonen, sie hatte Inlays und Kronen, auch an ihr hatte ein Zahnarzt gut verdient. Lichteinfall ist immer abhängig von der Wassertiefe, dachte ich, irgendwann sieht man nur noch Blau, der Druck nimmt auf den ersten Metern am stärksten zu, am Ende ist es dunkel.

Ich verließ die Umkleidekabine, ohne die neue Hose ausgezogen zu haben, und nahm das Portemonnaie aus der alten, die ich über dem Arm zur Kasse trug. Ich zog auch den Gürtel aus den Schlaufen und bezahlte mit dem Geld, das mein Vater mir nach dem Mittagessen gegeben hatte. Der Verkäufer, der uns die ganze Zeit über in Ruhe gelassen hatte, reichte mir eine Schere, mit der ich das Etikett abschnitt. Er faltete meine alte, die nachtblaue Hose zusammen und steckte sie in eine Tüte.

Am nächsten Vormittag brachte Fe mich, sie selbst blieb noch ein paar Tage, zum Zug nach Berlin. Sie winkte mir aus der Halle des Hauptbahnhofs, in der meine Mutter gegen Ende des Krieges kniehoch in den Scherben gestanden haben will, sie winkte und wurde hinter mir immer kleiner. In Berlin, obwohl sie bald darauf zurück in den Westen zog, haben wir uns nicht mehr oft gesehen.

*(México D. F., Dezember 1996 – Berlin, August 1999)*

Diese Geschichte begann in Mexiko. Eine mexikanische Freundin erzählte mir alles über ihr Land und führte mich durch ihre Welt aus Tanten und anderen Verwandten, in der ich immer wieder nach Deutschland gefragt wurde. Nach und nach war ich bei sechs oder sieben Tanten zum Essen eingeladen, alle wollten sehen, wen ihre Nichte aus Europa mitgebracht hatte. Eine von ihnen, eine jüngere Schwester ihrer verstorbenen Mutter, gab meiner Freundin nach einem dieser Essen eine Hose, die ihrer Mutter gehört hatte. Aus irgendeinem Grund befand sich die Hose im Haus der Tante. Meine Freundin probierte sie und behielt sie an.

Später am selben Tag, einem klaren Tag mit blauem Himmel und Fernblick auf den Popocatepetl, gingen wir durch eine Unterführung des Paseo de la Reforma, die gleichzeitig der Eingang einer Metro-Station war. An der Wand sah ich einen Leuchtkasten mit einem großen Bild der wiederaufgebauten Oberbaumbrücke, über die unter einem nachtblauen Berliner Himmel ein gelber U-Bahn-Zug fuhr. Ich blieb stehen und schaute ein wenig staunend auf das Bild. Meine Freundin, sie trug die Hose ihrer toten Mutter, fragte, was es mit dieser Brücke auf sich habe.

Mit der Sicherheit eines hohen Gebirges und des Atlantiks zwischen mir und Europa erfand ich eine

Tante und andere Verwandte und dachte mir aus, wie es in Bonn, in der alten Bundesrepublik und in Berlin gewesen sein könnte, bevor die Oberbaumbrücke wiederaufgebaut war.

d. A.

# Wolfgang Herrndorf

# Tschick

ISBN 978-3-87134-710-8

## Lassen Sie sich von «Tschick» rühren, erheitern, glücklich machen

Mutter in der Entzugsklinik, Vater mit Assistentin auf Geschäfts-
reise: Maik Klingenberg wird die großen Ferien allein am Pool der
elterlichen Villa verbringen. Doch dann kreuzt Tschick auf. Mit seinem geklauten Wagen beginnt eine Reise ohne Karte und Kompass
durch die sommerglühende deutsche Provinz, unvergesslich wie die
Flussfahrt von Tom Sawyer und Huck Finn.

«Eine Geschichte, die man gar nicht oft genug erzählen kann,
lesen will ... existentiell, tröstlich, groß.»
Tobias Rüther, Frankfurter Allgemeine Sonntagszeitung

 **wohlt**
**B E R L I N**